U0756537

山东文化体验廊道故事丛书·下编

滨州
历史文化故事

BINZHOU LISHI
WENHUA GUSHI

总编纂　王志民
主　编　李兆禄

山东文艺出版社

图书在版编目（CIP）数据

滨州历史文化故事 / 李兆禄主编. — 济南：山东文
艺出版社，2023.9
（山东文化体验廊道故事丛书）
ISBN 978-7-5329-6973-9

Ⅰ.①滨… Ⅱ.①李… Ⅲ.①历史故事—作品集—
中国 Ⅳ.①I247.81

中国国家版本馆CIP数据核字（2023）第153827号

滨州历史文化故事
BINZHOU LISHI WENHUA GUSHI

总编纂　王志民　　主编　李兆禄

主管单位　山东出版传媒股份有限公司
出版发行　山东文艺出版社
社　　址　山东省济南市英雄山路189号
邮　　编　250002
网　　址　www.sdwypress.com

读者服务　0531-82098776（总编室）
　　　　　0531-82098775（市场营销部）
电子邮箱　sdwy@sdpress.com.cn

印　　刷　山东临沂新华印刷物流集团有限责任公司
开　　本　880毫米×1230毫米　1/32
印　　张　7.75
字　　数　160千
版　　次　2023年9月第1版
印　　次　2023年9月第1次印刷
书　　号　ISBN 978-7-5329-6973-9
定　　价　59.00元

版权专有，侵权必究。如有图书质量问题，请与出版社联系调换。

前　言

党的二十大报告明确提出："坚守中华文化立场，提炼展示中华文明的精神标识和文化精髓，加快构建中国话语和中国叙事体系，讲好中国故事、传播好中国声音，展现可信、可爱、可敬的中国形象。"习近平总书记在文化传承发展座谈会上深刻指出，要在新起点上继续推动文化繁荣、建设文化强国、建设中华民族现代文明。编纂出版《山东文化体验廊道故事丛书》（以下简称《丛书》）是深入学习贯彻党的二十大精神和习近平总书记重要指示精神，贯彻落实山东省委、省政府关于打造文化"两创"新标杆部署要求的重要举措，是立足山东文化资源优势，以沿黄河、沿大运河、沿齐长城、沿黄渤海和沿胶济铁路等文化体验廊道为轴线，以各市文化体验廊道建设为着力点，撷取历史文化精华的大型普及性学术工程，是在新的历史起点上讲好山东故事、坚定文化自信、推动文化繁荣、促进文旅结合的重点文化项目。

山东，古称"齐鲁之邦"，是中华文明最重要的发源地之一。奔流的黄河由山东入海，齐鲁大地是黄河文明的核心区域

1

之一。巍峨屹立的泰山，自古以来就是历代帝王封禅之地，是中国东方上层文化的活动中心，1987年被联合国教科文组织列为中国第一个世界文化、自然双重遗产。黄渤海环绕的山东半岛是全国最大的半岛，漫长海岸线形成了丰厚的海洋文化资源，一直是中国北方海上丝绸之路的重要门户。山东又是伟大思想家、教育家孔子和孟子的故乡，是儒家文化的发源地，是中国人乃至全球华人、华裔心中的"圣地"。在被称为中华文明"轴心时代"的春秋战国时期，齐鲁是中华文明的"重心"所在：诸子百家，多出齐鲁；儒墨显学，独领风骚。齐国故都临淄，是当时最大的工商业都城，被国际足联命名为"足球起源地"；这里诞生了中国历史上最早的大学堂——稷下学宫，是诸子百家争鸣的学术文化中心；齐长城西起济水，东到大海，蜿蜒于泰沂山脉，全长一千余里，是现存最早的有准确遗迹可考、保存状况较好的古代长城；被列为世界文化遗产名录的京杭大运河，纵贯山东南北，极大影响了元明清以来山东地区的经济文化发展，鲁西沿岸城市带的崛起，成为中国南北文化交流融合的运河明珠，见证了山东地区社会文化的隆替嬗变。近代以来，随着烟台、青岛等沿海城市的崛起和胶济铁路的修筑，山东成为中西文化交流、冲突、碰撞、融合的核心地区之一，收回青岛主权成为"五四"爱国运动的导火索。革命战争年代，山东党政军民用生命和鲜血凝聚而成的"党群同心、军民情深、水乳交融、生死与共"的"沂蒙精神"，是齐鲁优秀文化、伟大建党精神与中国共产党领导的人民革命英雄主义精神的集中体现，是对山东境内沂蒙、胶东、渤海、鲁西（冀鲁豫边区）

等抗日革命根据地红色文化、革命精神的集中凝练和概括，与延安精神、井冈山精神、西柏坡精神等一起成为中国共产党人精神谱系的重要组成部分。齐鲁文化在中华文明发展中的特殊地位，山东地区源远流长、丰富厚重的文化资源，坚定文化自信和自觉的历史责任担当是我们举全省之力编纂《丛书》的内在动力。

《丛书》以国家文化公园建设为引领，以落实文化"两创"、推动"两个结合"为宗旨，以推动全省及各市文化建设为目标，是具有权威性、故事性、可读性、趣味性的历史故事集成，是一套可携带、可利用、可转化的文化读本。《丛书》分为上、下两编，上编16本，围绕"四廊一线"文化体验廊道、八大文化传承发展片区展开。"四廊一线"构筑的沿黄河、沿大运河、沿齐长城、沿黄渤海、沿胶济铁路的文化交通线纵横交错，相互联系又各具特色，其特点是以脍炙人口的故事形式联通"四廊一线"的人物事迹、重点景区、遗址遗迹等，厚植文化体验廊道的思想内涵和文化底蕴。八大文化传承发展片区，既涵盖了沂蒙、渤海、鲁西、胶东四大红色文化片区，又吸收了泰山文化、儒学文化、齐文化作为重要支撑，演奏出山东历史文化、革命文化、社会主义先进文化的时代交响。下编16本，紧紧围绕各地市优势和特色展开，主要记述本地区历史故事、文化遗址与人文景观、非物质文化遗产等内容，是推动文化廊道落地、推进片区文化建设、增强文化认同、深化文旅体验的重要载体。

《丛书》由山东省委常委、宣传部部长白玉刚统筹谋划和指导，省委宣传部专门组建学术编纂委员会负责具体实施，省直各有关部门和各市委宣传部给予大力支持配合，省内相关高校、研究机构和各市有关单位共 100 余位专家学者积极参与，历经酝酿策划、启动实施、提纲设计、样稿研讨、通稿审稿、编辑出版等六个阶段。2022 年以来，省委、省政府先后印发《关于打造中华优秀传统文化"两创"新标杆行动计划（2022—2025 年）》《关于建设文化体验廊道推动文旅融合高质量发展的实施计划（2023—2025 年）》，全方位挖掘展现山东人文沃土可以深度耕作的比较优势，为《丛书》编纂做好了思想、学术和组织准备。具体编纂过程中，省委宣传部专门印发《关于做好〈丛书〉编纂工作的指导意见》，统一思想认识，作出全面部署。编委会以线上线下形式，多次召开全体会议和分组专题会议，狠抓三个重要工作节点：**一是审定编撰提纲。**通过反复研讨、交流、修改、会审等形式逐一审定编写提纲，最大程度保证全书质量。**二是树立样稿典型。**集中力量撰写、反复研讨修改，确定分类样稿，做好典型导引。**三是全力做好通稿统审。**采用主编初审、各卷主编交流互审、学术专家主审、首席专家终审等层层把关、集中审查、反复修改的方式提高稿件质量。

回顾《丛书》编纂工作，始终注意把握好以下四个方面：**一是坚定文化自信。**通过挖掘历史资料、开发历史资源、恢复历史场景等形式，获取文化营养，坚定文化自信。**二是助推文化自觉。**通过传承弘扬优秀传统文化、红色文化、社会主义先进文化，深入挖掘历史先贤和革命先烈的伟大事迹，推动文化自觉，与培育践行社会主义核心价值观有机结合。**三是落实文**

化"两创"。精选真实历史故事，注重挖掘故事背后的文化内涵，推动齐鲁优秀传统文化在新时代创造性转化和创新性发展，推进文化自信自强。**四是服务文旅融合**。借助故事、景观、遗址、非遗讲解词、短视频等融媒体形式，让广大读者在区域文化旅游、廊道文化体验中感受中华文化的博大精深，增强民族自豪感和自信心。

在内容撰写上注重四个结合：**一是与廊道体验相结合**。突出廊道建设概念，以故事为纬线，以时代发展为轴线，通过富有魅力的故事讲述，展示历史人物、景观、史实，引领读者体验传统文化的恢宏气势和博大精深。**二是与景观建设相结合**。以真实动人的故事为景观建设提供重要的历史资源和文化依据，通过一个个精品景观建设展示历史故事的丰富内涵和当代价值。**三是与文物保护相结合**。通过讲述历史故事，让广大读者进一步了解相关文物、遗址的历史文化价值，提升文物保护意识，推动群众性文物保护工作再上新台阶。**四是与媒体利用相结合**。立足于故事转化，使故事成为各类媒体传播的重要基础、蓝本和素材，成为廊道文化、片区文化讲解、传播的重要学术依据和资料来源。

《丛书》的编纂出版，是普及、传播优秀传统文化，推动文化"两创"的新尝试。衷心希望广大读者通过阅读本书，吸收丰富文化营养，多提宝贵修改意见。

编者

2023 年 8 月

导　语

　　滨州地处山东省北部，黄河三角洲腹地，渤海湾西南岸，黄河从滨州穿境而过东流入海。境内有号称泰山副岳的长白山、秦皇魏武登临的碣石山，又有麻大湖、徒骇河、大清河、小清河、马颊河、钩盘河等水系，可谓山水相间，山川形胜之地。

　　从 8000 年前的母系氏族社会起，滨州地区就形成了相对稳定、生机勃勃的史前文明，并创造了相当水平的石器时代农业文化。这是当地土著居民——东夷人创造的文化。这种土著文化有自己独立发展的体系，在许多方面，在山东省乃至全国都具有领先的地位，极大地丰富了中华古代文明。这种土著文化先后经历了后李文化（邹平市孙家遗址）、北辛文化（邹平市西南庄遗址）、大汶口文化（邹平市丁庄遗址、阳信县小韩遗址）、龙山文化（分布在邹平市、博兴县、惠民县、阳信县及滨城区）等几个不同的历史阶段。从距今大约 8000 年到 3000 年的 5000 年间，滨州地区文化形成了具有地域特性的文化框架。滨州地区先后出土的该时期文物有陶器、石器、贝蚌器等。西周、春秋战国时期，滨州一直属齐地，主流文化具有

1

刚健有为、功利主义浓厚的齐文化特色。秦汉至宋元时期，滨州是南北交会要冲之地，出现了较大规模的民族交融。明清是滨州传统文化的兴盛期，突出表现在家族文化的繁荣，出现了以滨城杜氏、惠民李氏、无棣吴氏等为代表的名门望族。

母亲河黄河有时温柔地滋润着滨州大地，造福滨州大地上的先民；有时巨波狂澜，洪水泛滥，给滨州儿女带来巨大灾难。渤海湾赠予滨州人民丰富的海洋资源，同时也造成潟卤荆棘、不利于生产生活等困难。这种特殊的地理环境迫使滨州先民一次次为生存和发展而与自然抗争。由此而磨砺塑造了滨州人民不屈不挠、敢于斗争、善于斗争的抗争精神。上古时期，在与洪水搏斗的过程中，滨州先民与各地人们一道，在大禹的组织领导下，不畏艰险，创建了造福家乡的千秋伟业，缔造了光辉灿烂的九河文化，塑造了伟大的大禹精神。隋末徭役沉重，民不聊生，邹平人王薄首先聚众反抗暴政，沉重打击了隋王朝的统治。明初迁都，徭役沉重，百姓苦不堪言，蒲台巾帼英雄唐赛儿率众数千人发动起义，杀贪官，夺州府，开仓济贫，一时间，贪官污吏纷纷逃命，豪强劣绅慌乱不已，明成祖朱棣"甚为震惊"。这种不畏艰难、英勇顽强的抗争精神激励着一代代黄河儿女，被一代代继承下来。

滨州地区深受孔孟儒家思想影响，许多志士仁人充盈着公而忘私、忠勇爱国的奉献精神。北宋著名政治家、文学家范仲淹是在邹平成长起来的杰出历史人物，其"先天下之忧而忧，后天之乐而乐"的忧国忧民精神永存世人心中。明代邹平张延登任职河南期间，几乎捐出全部俸禄，用于地方各项建设，还从老家运去物资用于上蔡县抗洪抢险。清代惠民李之芳为平定耿精忠叛乱，从家乡招募义勇到前线作战，调运物资用于所属部队。滨城游百川为治理黄河水患，学习大禹治水三过家门而不入的无私奉公精神，赴任途中经过家乡而不回家探望。

在儒家仁爱思想的长期熏陶下，这里的民众形成了特有的宽厚忠孝精神。"优点是实在，缺点也是实在"，这句俗语正是滨州人性格的真实写照。五代名将、北宋开国功臣之一阳信张令铎，和乱世中的许多军阀不同，他仁慈宽厚，从不轻易杀人罚人，被时人称为仁恕将军。清乾隆年间无棣吴绍诗之妻王氏临终前告诫两个儿子如何做人，这种忠厚精神是无棣吴氏家族人才辈出的一个重要文化基因。清咸丰帝的老师滨城杜受田一生忧国恤民，在晚清朝野颇有影响。杜受田故居整个大院透露着一种天伦之乐、亲密无间、兄弟妯娌和睦共处的温馨和谐，正是这种宽厚忠孝精神的体现。孝文化在黄河三角洲也有着悠久的历史传统。博兴董永是古代有名的二十四孝人物之一，"鹿车载父，肆力田亩，卖身葬父，孝感仙女"的故事家喻户晓，其尽孝父母、赡养老人的美德被后人奉为楷模。

滨州先民对生养自己的家乡充满热爱，体现出浓郁的桑梓情怀。他们通过自己力所能及的方式，为家乡奉献绵薄之力。元代邹平张临，任职仅半载即辞归故里，在家乡长白山中读书授徒数十年，教化乡里，培养了一批优秀人才。清代惠民李衍孙自觉搜集整理家乡人的诗歌作品，以帮助乡贤及其诗作流传后世。

中华文明延续几千年而不断绝，这是因为有许多有识之士关键时刻保存中华文脉，使之不绝如缕。这种赓续文脉的精神在滨州先民身上也有体现。邹平伏生于秦火危急之时，冒着生命危险私藏《尚书》，使得这部儒家经典得以传于后世。清代史学家邹平马骕耗费十年时间编纂的《绎史》，记载保存了从传说中的三皇五帝太古时代到秦朝末年的史事。

滨州先民为了生存，克服恶劣的自然条件，探索创造生存生产生活方式，培育形成了积极探索、敢于创新的精神。无棣、沾化出土的盔形器与渤海海盐滩晒工艺，可以使我们想见滨州先民怎样煮盐晒盐。莲花灯、剪纸、博兴柳编、清河镇木版年画等非物质文化遗产，不仅展现了滨州先民对生活的热爱，更体现出他们不囿于固有传统，努力创新的精神。魏末晋初邹平刘徽，在继承前人之学说的基础上，大胆提出个人观点，为中国数学作出了创造性的贡献。明代邹平张万钟致力于鸽子研究，撰成鸽类研究史上具有开创性的《鸽经》。

黄河下游多次改道、决口、漫流，沿海又经常受到海潮袭击，生存环境非常恶劣，因此这里的人们大都具有勤劳节俭、灵活务实的奋斗创业精神。家家户户精打细算，量入为出。"吃不穷，花不穷，打算不到就受穷"，成为千百年来人们的生活箴言。黄河三角洲地处暖温带，自南向北几大水系纵横，光热适宜，水源较为充足，轻壤质土多，适合种植小麦、大豆、棉花等农作物。平坦广阔的沿海滩涂是海产、海盐基地。面对可以耕种、可以发展渔业、可以晒盐的便利自然条件，先民因地制宜，形成了灵活务实的创业精神。先民用辛勤的汗水浇灌出驰名海内外的滨州棉、小营大米、阳信鸭梨、沾化冬枣、无棣小枣等。滨州盛产柳、蒲、苇、草，先民们就地取材，用自己高超的技艺编织出花色品种繁多的手工艺品，特别是柳编工艺、草编工艺，具有独特的艺术风格和浓厚的地方色彩，享誉海内外。

2018 年 8 月 21 日，习近平总书记在全国宣传思想工作会议上强调：展形象，就是要推进国际传播能力建设，讲好中国故事、传播好中国声音，向世界展现真实、立体、全面的中国，提高国家文化软实力和中华文化影响力。为响应习近平总书记的讲话，推动中华优秀传统文化创造性转化、创新性发展，深入挖掘中华优秀传统文化蕴含的思想观念、人文精神、道德规范，结合时代要求继承创新，让中华文化展现出永久魅力和时代风采，本书编写组在中共山东省委宣传部的统一安排部署和中共滨州市委宣传部的领导支持下，编写了这本《滨州历史文化故事》。本书充分挖掘滨州悠久深厚丰富的历史文化资源，选取 98 个典型故事，透过这些故事，挖掘凝练滨州精神，努力将滨州文旅融合发展融入到山东文化体验廊道建设、山东文化之旅展现的活动之中。为此，本书围绕滨州精神，从"历史故事""名胜古迹""非遗流彩"三个维度，撷取体现优秀中华传统文化的生动故事，一管窥豹，向全世界展现鲜活的滨州、鲜活的中国，以期为提高国家文化软实力和中华文化影响力聊尽绵薄之力。

目　录

一

历史故事

滨州濒临渤海，自古就有渤海雄邦之称。黄河的滋润，长白山、碣石山的灵秀，物华天宝，造就滨州历史上名人辈出，群星璀璨。这些历史风流人物以自己的才华，在历史长河中写下浓墨重彩的一笔，完成了时代赋予的使命，对中华民族历史的发展做出了很大贡献。

这些历史人物，有的为赓续中华文脉殚精竭虑，如伏生冒着生命危险私藏《尚书》，五代儒学宗师田敏致力于儒家《九经》的刻印，马骕搜集整理远古三代资料撰成《绎史》等；有的利用自己的智慧才能安邦治国，使人民生活安定富足，如明代孙太后在土木之变与夺门之变中力挽狂澜，清代李之芳设伏仙霞关、平定耿精忠叛乱等；有的有着浓厚的家国情怀，身处故土即谋造福一方，如元代平民教育家张临在家乡长白山兴学、传播文化知识，清代李衍孙通过搜集刻印家乡诗人诗歌以保存乡邦文献；更多的是走出家乡，在全国其他地方为中华民族历史发展做出应有的贡献。

（一）人物故事

1. 伏生藏书

伏生口授传《尚书》

伏胜，邹平人，是秦汉之际的经学大师，世称伏生。秦汉时，"生"是尊称，为先生之意。伏生出生在战国时代的齐国，相传是孔子弟子宓子贱后裔，自幼聪慧，嗜古好学。据唐人段成式《酉阳杂俎》记载，伏生10岁时，曾经跟随隐士季充在深山崖洞里学习《尚书》，了解虞、夏、商、周四代的史事。伏生研读《尚书》，十分刻苦，他把丝绳缠在腰部和脖子上，每读完一遍就在绳上打个结，很快，80尺长的绳子上打满了结。

秦朝统一全国后，朝廷设博士数十人以备顾问，伏生就是其中之一。秦王嬴政三十四年(前213)，始皇帝在李斯的建议下，颁布挟书律，除博士官外，严禁天下私自藏诗、书及诸子百家的著作，现存这类书籍，统统烧毁。在一个月之内，伏生眼见无数先秦典籍被投入熊熊火焰中化为灰烬，不由得心灰意冷，悄然返回故乡邹平，将一部《尚书》藏在老屋的夹壁墙里。在秦末汉初的战乱中，伏生携家人四处避难，颠沛流离，身处异乡，心中仍不时惦念着屋壁里的那部《尚书》。

汉朝建立，天下初定，百废待兴。高古悠远的琴声和士子们的琅琅读书声，从邹平老伏生的残破院落里再次传出，传之四方，抚慰着哀伤的灵魂，修复着破碎的人心。当伏生把多年前收藏的《尚书》从夹壁之中取出时，发现原来的百篇之书，经过长期的水蚀虫蛀，只剩下一些断简残篇，女儿羲娥见此不免悲痛落泪。年迈的伏生，顾不得哀伤，拖着老病之躯，依其早年记诵的内容，参照残存的书简，最终整理出28篇《尚书》。随后，伏生又广招弟子，将仅存的《尚书》传授给他们。千乘欧阳生、济南张生等相继来到伏生门下，拜师求教。齐鲁之间，有越来越多的学者得以熟习伏生所传《尚书》。

汉文帝时，诏求遗经，《诗经》等儒家经典复出于世，寻求能够研究《尚书》的学者，天下竟然没有。后来汉朝廷听说伏生精通《尚书》，便准备征召他入朝传授。然而，伏生此时已年过九十，行动不便，难以赴京。于是汉文帝派遣太常掌故晁错前往邹平，受教于伏生。晁错是河南颖川人，听不大懂齐地方言，再加上伏生年老齿脱，说话不清，晁错就更听不清了。幸亏伏生的女儿羲娥，久得父亲传授，颇通《尚书》大义。当伏生讲授时，羲娥就站在父亲身旁，将所讲内容逐句传译给晁错。晁

伏生授经图

4

错根据伏生口授，用隶书重新写定《尚书》28篇，这就是现存的今文《尚书》。

汉无伏生，则《尚书》不传；传而无伏生，亦不明其义。清人顾斗光有《伏生女》诗，歌颂伏生父女对《尚书》的再造之功：

> 坑不得阃内儒，烧不得腹中书。
> 伏生父女皆口授，典谟训诰如其初。
> 吁嗟伏生女，强记人不如。

2. 梦中偷瓜

齐国巨擘陈仲子

陈仲子，字子终，战国齐人，和妻子隐居於陵（今邹平市东南）山中，世称於陵仲子、於陵子终。陈仲子的祖先与田齐同族，因此后世又多称他为田仲子。陈仲子的哥哥陈戴，为盖邑封君，又曾为齐相，有万钟之禄，而陈仲子则认为哥哥贪婪，不讲道义，于是离家出走，前往楚国。

楚王听说陈仲子是位贤士，派使者带着黄金一百镒去见他，想聘请他为楚相。楚国使者见到陈仲子时，他们夫妻俩正在浇菜。使者对陈仲子说："你勤于灌溉，蔬菜长势很好，等你将来治理楚国，楚国也一定会似这菜园一般兴旺。"仲子回答："我为人灌园，如果不及时浇灌，蔬菜就会缺水。但是常常浇灌，则此瓦罐就总离不开井。蔬菜瓜果是茂盛了，而瓦罐早晚

陈仲子雕像（李兆禄摄）

得破碎。我若治楚，楚国百姓就如同菜蔬，而楚王便是深井，我终日围着楚王转，终究会成为那个被井壁碰碎的瓦罐。"此故事正是俗语"瓦罐不离井上破"的由来。陈仲子始终没有答应楚王之请，最后穷饿而死。

邹平民间还有陈仲子梦中偷瓜的传说。据说，陈仲子睡梦中感到口渴，恰巧路过邻人句氏的瓜园，便顺手摘下一个甜瓜来吃。梦醒之后，陈仲子虽明知是梦，但仍觉良心不安，赶忙给句氏送去一双麻鞋，并说明原委。句氏也是高尚之人，当然不能要这双鞋子，将鞋放在陈仲子家门口的大路上。麻鞋在路上放了三年，最后烂掉了。

陈仲子是战国时期百家诸子之一，其思想倾向于道家或墨家、农家。陈仲子提倡廉洁，主张自食其力，这在当时风俗奢侈的齐国，有一定的进步意义和相当大的影响力，孟子视其为齐国巨擘。

3. 月球留名的数学家

魏晋数学家刘徽

2001年9月，中国科考船大洋一号调查发现的一座平顶海山，后来被命名为刘徽平顶海山，以纪念刘徽在我国岛礁测量方面的重要贡献。2021年5月24日，国际天文学联合会(IAU)批准中国提议在嫦娥五号降落地点附近的8个月球地貌的命名申请，刘徽（Liu Hui）就是其中之一。魏晋时期伟大的数学家刘徽（约225—约295），魏末晋初淄乡（今邹平）人，据说是汉文帝刘恒之子梁孝王刘武五世孙淄乡侯之后，在北宋末算学祀典中曾受封淄乡男爵位。

刘徽自幼热爱数学，常年不懈地研习《九章算术》。成年之后，刘徽更加刻苦钻研《九章算术》，发现书中有些问题仍有必要进一步阐发和改进。在曹魏时，刘徽在继承前人之说的基础上，大胆地提出个人观点，对《九章算术》加以详解，在中国古代数学史上做出了创造性的贡献。

刘徽所撰《九章算术注》全面证明了《九章算术》中的公式、解法，发展了《九章算术》中许多概念和方法，从而奠定了中国古代数学的理论基础，完成了中国古代数学理论体系的构建。刘徽注书时旁征博引，并且常常将自己的数学思想渗透在注释当中，后世学者阅读《九章算术》刘徽注，往往有触类旁通之感。刘徽为《九章算术》作注，并非简单的训释，而是创造性的研究。《九章算术注》中提出了一系列创见，创立了十进分数理论，推广了齐同术，创立了割圆术，创立了计算较复杂立体体积的刘徽定理，改进了线性方程组解法，撰写了重差术的相关著作。

刘徽是中国数学史上伟大的数学家，为了纪念其贡献，后世把用割圆术法得出的圆周率的近似值称为徽率。2013年6月，纪念刘徽注《九章算术》1750周年国际学术研讨会在邹平召开。和中国历史上很多杰出的数学家一样，刘徽于史无传，然而刘徽却永远不会被后人遗忘，因为这个光辉的名字已经被写在海山之上，写在月球之上。

4. 游龙门

齐梁一支笔任昉鉴评人物

南朝乐安博昌（今博兴）人任昉（460—508），自幼聪明神悟，勤奋好学。长大后，历仕宋、齐、梁三朝，为官清廉尽职，又本性至孝，深得士人尊敬。任昉颇有文采，最擅长写诏令、奏启等公文，当时王公贵族都请他代写这类文章，他也因此与写诗名家沈约齐名，并称"沈诗任笔"。

从魏晋时期形成的士族门阀制度，到这时有所衰颓，但是一些大士族还想与皇权争夺各种政治资源、文化资源。次等士族想凭借文学才能向皇权靠拢，从而获得与高门贵族并驾齐驱的政治资本。梁武帝为进一步加强皇权，削弱大士族势力，有意依靠自己信任、有一定社会地位和威望的人来拉拢一批次等士族。任昉年轻时曾和梁武帝共游齐竟陵王萧子良门下，与其他六人号称竟陵八友，又在梁武帝代齐称帝的过程中发挥了一定作用，也就顺理成章地成为最合适的为朝廷选拔人才的人选。任昉先后两次担任吏部郎中这一负责选拔中下层官员的职务，他不负梁武帝信任，大力提拔后进文士，为国家延揽人才，一度成为文坛领袖。当时年轻有才华的殷芸、到溉、刘苞、刘孺、刘显、刘孝绰等纷纷聚集在其门下，凡是得到任昉赏识提携的都很快进入官场，成为国家的栋梁。因此，时人号称游于任昉门下为龙门之游，意为如鲤鱼跳龙门，一朝得贵。这种盛况一直延续到任昉任秘书监时。因秘书省在汉代又称兰台，因此时人又称任昉聚集士人的活动为兰台聚，把任昉视为如同东汉李膺一样的士林领袖，尊称为"任君"。

那些参与龙门之游的门第较低的士人，通过任昉的赏荐这一渠道，凭借文才得到梁武帝赏识，在政治、文化上大放异彩，形成了一种新的贵族群体，开启了梁代文学的序幕。可以说，梁代文士之多，文学创作之盛，龙门之游打下了良好基础。

5. 骆宾王的幸福时光

骆宾王与博兴

大唐初年，浙江义乌人骆履元来到博昌（今博兴）当县令。唐朝时的博兴一带，湖泊众多，整个博兴城宛在水中，舟楫交通，鱼稻成市，风景非常像江南。浙江才子骆履元来到山东博兴为官，不仅没有客居异地的惆怅，反而有一种如同重返江南水乡的亲切感。在博兴任上，骆履元与当地刘长史的女儿结为夫妇，婚后相继生了三个儿子，长子骆宾王、次子骆从王、三子骆遵王。骆履元期望长子将来能够辅佐君王，建功立业，于是为其取名为宾王。宾王之名出自《周易·观卦》六四爻辞"观国之光，利用宾于王"，骆宾王成年后又表字"观光"。

在博兴生活期间，骆宾王不仅受到良好的家庭教育，还深受齐鲁淳朴民风的熏染，以及孔孟之道的教益。在博兴的青山绿水之间，骆宾王兄弟度过了无忧无虑的童年，锦秋湖畔的旖旎风光孕育了骆宾王的诗心灵性。据说骆宾王七岁时已能吟诗作文，名闻乡里。一日，骆宾王兄弟三人在池塘边嬉戏，适逢两位客人到骆履元府上拜访。客人一位姓张，一位复姓辟闾，皆是骆履元在博兴结识的好友。骆宾王见有客至，连忙带领弟弟，迎上前去，对客行礼。张学士和辟闾公早就听说骆履元之子骆宾王天赋极高，聪慧异常，有意借机试一试他的才智。此时恰好有鹅群从不远处走来，辟闾公便随手指着鹅群，让骆宾王以"鹅"为题，赋诗一首。眼看鹅群走近，骆家三岁小弟骆遵王正在学语之时，又惊又喜地朝着鹅群大声呼唤"鹅，鹅，鹅"；骆宾王的二弟骆从王，年方五岁，身形尚小，顽皮地学着大鹅的样子蹒跚摇摆，并伸长着脖子作引吭高歌之状。见此情景，七岁的骆宾王忽若有所悟，诗句脱口而出：

鹅，鹅，鹅，曲项向天歌。
白毛浮绿水，红掌拨清波。

张学士和辟闾公听闻此诗，一时竟相视无语，目瞪口呆，既而又激动不已，用难以置信的目光打量着骆宾王，不由一齐高呼："神童！"骆宾王这首诗被后世题为《咏鹅》，古人认为禽鸟"其名自叫"，"鹅，鹅，鹅"既是对鹅群的指称之词，也是形容鹅鸣的拟声之词，诗歌开篇三个"鹅"字叠用，就把鹅群入水的喧闹嘈杂场面生动地表现出来。"曲项向天歌"一句是以儿童视角去观察鹅鸣，儿童身材矮小与鹅相平视，容易有白鹅引颈向天高歌的审美感觉，而成年人往往居高临下看鹅，则很难产生"曲项向天歌"的观感。"白毛浮绿水，红掌拨清波"两句，乍看只觉对仗极其工巧，仔细读来，才发现以"白毛""红掌"之类寻常俗物入诗，坦率自然，全然是孩童口吻。

骆履元在博兴恪尽职守，积劳成疾，不幸病逝。骆履元为官清廉，死后囊无余金，家人无力将其灵柩运回义乌，只能安葬在博兴。父亲的去世，使骆家陷于困顿，年仅十余岁的骆宾王作为家中长子，担负起孝敬母亲和抚育幼弟的责任。料理完父亲的丧事之后，骆宾王奉母移居兖州瑕丘县，投奔父亲的旧友韦县令。在后来的岁月里，骆宾王经历了青年时的艰难求仕，经历了中年时的宦海风波和黑暗冤狱，经历了晚年扬州反对武则天的刀光剑影。回顾其一生，骆宾王的人生幸福时光正在博兴。

6. 奇人写奇书

段成式与《酉阳杂俎》

在唐代长安城的一处古朴的宅院里，有一位中年人终日忙于写作。"爸爸，你究竟在写些什么呀？"家里的孩子们经常好奇地问他。中年人总是微笑着回答："我在写一本奇书，书中会揭示你们从未见过的世界。"中年人名叫段成式，他所写的书名为《酉阳杂俎》。

段成式（？—863），字柯古，临淄邹平（今邹平）人。临淄段氏是世代簪缨之族，段成式的七世祖唐初名将段志玄，官拜左骁卫大将军，先后爵封樊国公、褒国公，加号镇军大将军，为凌烟阁二十四功臣之一。段成式的父亲段文昌是唐穆宗朝宰相，其外祖父则为唐名相武元衡。段成式以父荫为秘书省校书郎，累迁尚书郎，复出为吉州、处州、江州刺史，后官终太常少卿。段成式与李商隐、温庭筠皆排行第十六，而诗文辞采繁缛，以俪偶相夸，世称"三十六体"。

如同本能一般，段成式自幼对大自然充满热爱，对周围的未知事物表现出极大的好奇心。唐元和年间，五岁时的段成式随父从成都来到长安，借住在长兴里。在家中庭院里，段成式发现一种罕见的赤腰蚁，并仔细观察了这种蚂蚁的外形特征和生活习性。后来段成式成为唐代首屈一指的博物学家，发扬"一事不知，以为深耻"的科学探索精神，在《酉阳杂俎·广动植》中记载了很多前所未知的动植物知识，其中就包括儿时所见的赤腰蚁。

段成式少年时沉迷于田猎，父亲段文昌为此非常担忧，然而考虑到孩子已经渐渐长大，不便再当面训斥，于是派幕僚提醒段成式不可荒疏学业。面对告诫，段成式显得谦恭顺从，不断地道歉，结果第二天，居然又去郊外打猎，而且所带的鹰犬还比平时多一倍。射猎归来，段成式送给每一位幕僚一对兔子及书信一封，书信中征引典故，无一事重复。幕僚们惊愕之余，纷纷把得到的书信拿给段文昌看，段文昌这才知道儿子早已博览群书，学识过人。

成年后的段成式勤学好问，与李德裕、李群玉、温庭筠等当世名流交游，在担任秘书省校书郎期间，又得以遍读秘阁之书，学问更加精进，也愈来愈自信。唐宋以来的文人笔记中，有很多关于段成式博学的传闻。五代南唐刘崇远所撰《金华子》卷中就记述段成式任吉州刺史时，曾经去某山寺游玩，读一碑文，其间有两字难以辨识，便长叹道："此碑无用于世！"接着又解释说："连我段成式都难以完全读懂，这碑文留在世间，还有什么用呢？"同游的宾客以二字到处向人询问，结果没有一个人能认识。

根据平生所见所闻，以及读书所得和实践经验，段成式最终写成《酉阳杂俎》一书。百科全书式的《酉阳杂俎》是一部有类书性质的志怪笔记小说，也是为数不多的一部大体完整无缺地流传至今的唐人著述，其书分为前集、续集两部分，共30卷36篇。明代毛晋《酉阳杂俎前集跋》评论此书"天上天下，方内方外，无所不有"，《四库全书总目》将《酉阳杂俎》推为"小说之翘楚"，鲁迅《中国小说史略》则称《酉阳杂俎》

与唐传奇（唐代文言短篇小说）并驱争先。

7. 从乞丐到节度使

一方诸侯诸葛爽

晚唐历史风起云涌，发生了壮烈的王仙芝、黄巢农民大起义，同时藩镇混战与兼并也愈演愈烈，天下动荡，生灵涂炭。在唐末乱世的枭雄中，有一位起于草泽的山东人，实现了从乞丐到节度使的华丽转身，这人便是诸葛爽。

诸葛爽，青州博昌（今博兴）人。诸葛爽早年因身体健硕而有勇力，被选为博昌县衙的伍伯。唐代的所谓伍伯，也就是县中的差役之类。身为伍伯，地位卑贱，经常因为琐事就受到县令的杖责，诸葛爽对此难以忍受，于是毅然逃亡，在乡间流浪，沿街卖唱，乞讨为生。流落街头的诸葛爽，虽然衣衫褴褛，食不果腹，但仍显得身材魁梧，气宇轩昂，往往在一阵荒腔走板的歌哭声之后，由于太不像乞丐，一个钱也没有讨到。

唐懿宗咸通九年（868），爆发了庞勋领导的桂林戍卒兵变，诸葛爽也迎来了改变命运的时刻。正当沦为乞丐的诸葛爽走投无路之际，庞勋所部人马已一路北上，迅速壮大，攻取徐州等州郡，进抵山东。目睹官府腐败，民不聊生，听说庞勋率领的徐州兵来到山东的消息，诸葛爽愤然前去投军，义无反顾地加入了庞勋的反唐队伍。诸葛爽在青州和棣州一带聚众起兵，攻剽郡县，因为在战斗中冲锋在前，悍不畏死，很快被提拔为庞勋军中小校。在唐王朝的重兵剿杀之下，庞勋军渐渐落败，陷入合围。诸葛爽善于分析形势，在庞勋败亡就在眼前的情况下，率百余人和泗州守将汤群归顺大唐朝廷。此后，诸葛爽在唐军中屡立战功，先后晋升为汝州防御使、夏绥银节度使、检校尚书右仆射。

广明元年（880），黄巢起义军进攻长安，诸葛爽奉诏入京勤王。黄巢攻破长安之时，诸葛爽率领代北行营的士兵屯驻在栎阳，与驻扎在东渭桥的黄巢部将朱温对峙。当时唐僖宗已逃往四川成都，诸葛爽孤立无援，既迫于形势，又禁不住朱温劝诱，不得已选择暂时投降，被黄巢任命为河阳节度使。在投降黄巢之后，诸葛爽曾秘密派人前往蜀中，表奏唐僖宗，说明忠于唐朝的心迹，唐僖宗亦授予其河阳节度使之职。

朱温为黄巢防守同州，诸葛爽率轻兵攻入同州，遭到朱温伏击。诸葛爽丢弃铠甲和战马，仓皇逃到修武，又在修武受到魏博节度使韩简的攻打，只能弃城而走。韩简吞并河阳之后，进军郓州，却久攻不下，诸葛爽抓住这一时机，借助于河阳军民的拥戴，率兵千人重新入据河阳。韩简遂放弃郓州，回师河阳，诸葛爽则派李罕之在武陟迎战，魏博兵团大败而还。韩简兵败身死之后，诸葛爽的河阳军声威大振。

在黄巢的大齐政权即将失败的时候，诸葛爽再次归顺唐朝。唐朝廷相继加封诸葛爽为京师东南面招讨诸行营副都统、左先锋使，命其率军讨伐割据一方的秦宗权。光启二年（886），诸葛爽病逝于军中。诸葛爽出身社会底层，以叛军起家，审时度势，在乱世中求存；也因在朝廷和叛军之间摇摆不定，反复无常，缺乏节操，而被世人所诟病。诸葛爽善于理政，所到之处，法令严明，人民安乐。诸葛爽还有识人之能，麾下王虔裕、李罕之、张全义、陶雅、牛存节等，皆是一时豪杰。

8. 仁恕将军
乱世仁慈宽厚的将军张令铎

在悠久的历史长河中，有许多以骁勇善战而闻名于世的将军。其中，五代名将、北宋开国功臣之一将军张令铎不仅智勇双全，更因为仁慈宽厚，成为备受人们敬仰的英雄。

张令铎（911—970）是棣州厌次（今阳信）人，少年时勇武强悍，气力过人，慷慨从军，渴望建功立业。后唐清泰年间，成为宁卫小校。后晋初年，改属奉国军。后汉乾祐元年（949），跟随枢密使郭威平定河中节度使白守贞叛乱，因为军功升任奉国军指挥使。后周广顺初年，迁任控鹤军指挥使，又升任控鹤军左厢都指挥使，领虔州团练使。后周显德三年（956），跟随周世宗征伐淮南南唐势力，移领虎捷左厢，加常州防御使。次年，周世宗再征寿春，命张令铎与龙捷右厢柴贵分别担任京城左、右厢巡检。后周显德六年（959），周世宗将北征辽国，命张令铎与韩通、高怀德领兵先赴沧州。周世宗北伐途中，因病退兵，将占领的益津关设置为霸州，张令铎作为副职，与兵马都部署韩令坤一起驻守霸州。后周显德六年（959）六月，周恭帝即位后，张令铎官授侍卫亲军步军都指挥使，领武信军节度使。

后周显德七年（960）正月，殿前都点检赵匡胤在距离开封四十里地的陈桥驿发动兵变，黄袍加身，夺取后周政权，建立宋朝，改元建隆。北宋初建，张令铎因为在陈桥兵变中有拥戴宋太祖赵匡胤之功，迁马步军都虞候，领陈州节制。北宋建隆元年（960），宋太祖征李筠，任用张令铎为东京旧城内都巡检。北宋建隆二年（961），宋太祖杯酒释兵权。与石守信、王审琦、高怀德等同时被解除兵权后，张令铎出任镇宁军节度。

赵匡胤采取政治联姻的手段笼络诸将，表示愿与张令铎共富贵，命皇三弟秦王赵廷美娶张令铎第三女张氏为妻，张氏后来被封为楚国夫人。北宋开宝二年（969），张令铎入汴梁朝觐时，因重病留京，宋太祖亲临问候，赐帛五千匹、银五千两，同时对张家人也加以厚赏。开宝三年（970）春，张令铎病逝，享年六十。宋太祖悲痛悼念张令铎，追赠其为侍中。

张令铎虽然是征讨四方、久经战阵的猛将，但禀性善良而理智，处事以仁爱宽容为本。据《宋史·张令铎传》记载，张令铎性情仁爱宽恕，曾经对人说："我从军三十年，大小四十余战，摧坚陷敌，未曾妄杀一人。"因此，他死的时候，人们都感到非常可惜。五代十国时期，各地藩镇将帅大都残暴成性，滥行杀戮，张令铎的仁恕之行在那段充满疯狂血腥的黑暗历史中，闪耀着人性的光辉。

9. 宋四家的老师

宋代著名书法家周越

　　说起宋朝书法，人们熟知宋四家"苏（轼）黄（庭坚）米（芾）蔡（襄）"代表着中国书法史上一大高峰，而关于对宋四家的学书之路、甚至对整个中国书法史的承接都起着至关重要的作用的书法家周越，却知之甚少。

　　周越，字子发，又字清臣，北宋邹平人。周越的书法别具一格，娟秀遒劲，又富有神韵，尤其是他的草书堪称一绝。宋天圣、景祐、庆历年间，周越以书法享盛名于世，引得世人纷纷学习。苏轼、黄庭坚、米芾和蔡襄学习了周越的书法之后，才能成为宋代四大名家。可惜，周越留给后世的书法作品少之又少，且存世之作大多是跋尾。

　　北宋"苏黄米蔡"四家与周越之间不一定有直接的师承关系，但都接触或学习过周越的书法。黄庭坚自称学草书三十多年，最初以周越为师。他的草书作品就有周越的草书特色，学到雄强劲健的笔力。黄庭坚所书草书长卷，末尾题识的时候都用行楷，这明显是受周越的影响。米芾说自己十岁开始写碑刻，学习效仿的就是周越。唐代段季展书法到宋代时已经失传，段季展所书《禹王庙碑》在周越的大力揄扬之下，才得以传布四方，为世人所重。米芾称自己"慕段季转折肥美，八面皆全"。元代袁桷说："米襄阳学段季展，得其刷掠奋迅，故作大字悉祖之。"米字的"八面出锋"和"刷字"渊源于唐代段季展，米芾书法得益于周越对段季展的重新发现。北宋张邦基撰《墨庄漫录》记载了蔡襄学习周越的经历。

在书法发展史上，唐人"尚法"而宋人"尚意"。北宋初年，黄庭坚、米芾等在学习古法的同时，也极力要摆脱古法束缚。在北宋"尚意"书风渐渐开启的背景下，恪守法度的周越书法难免会被斥

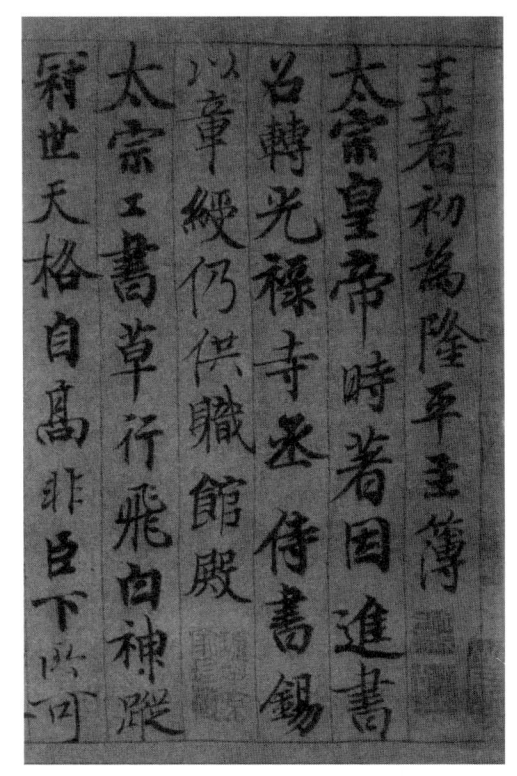

周越行楷跋王著草书《千字文》

为"俗书"。实际上，周越在宋初书坛有承上启下之功，其在书法教育方面取得的成就，尤其不容抹杀。北宋"苏黄米蔡"全都在周越影响下成长，这本身就是一种非凡的现象。也正是因此，启功先生非常赞赏周越，他说："周子发书，为北宋一大家。"还专门写诗一首称赞道："子发书名冠宋初，流传照乘四明珠。寥寥跋尾谁能及，不是苏髯莫唤奴。"（《启功论书绝句百首》第六十四首）

10. 长江传情

李之仪为爱吟唱

据说，李之仪那首情意绵长、脍炙人口的《卜算子》"我住长江头"词，是写给他的爱妻胡淑修的。

李之仪（1048—1117），字端叔，晚号姑溪居士，又号姑溪老农，无棣信阳镇李通判村人。李之仪18岁时，有媒人为他向常州晋陵胡氏提亲。胡氏是常州望族，北宋名臣胡宿官至枢密副使，其子胡宗质历任比部员外郎、大理寺丞。胡宗质的女儿名淑修，字文柔，与李之仪同龄。胡淑修出身名门，天资聪慧，品貌俱佳，博览群书，诗文兼擅，连宋仁宗皇后都对她赞赏有加，亲昵地称之为"能文之女"。嘉祐中，少女胡淑修陪着祖母来到皇宫内廷，在柔仪殿拜见曹皇后。曹皇后抚着胡淑修的肩，慈爱地笑问道："这是胡家有学问能诗善文的女孩子吗？"有一年的元宵佳节，曹皇后在宣德门观灯，当时胡淑修的母亲恰好在皇后身旁，曹皇后问："那个能诗善文的女孩怎么没来？"站在人群之后的胡淑修，听罢赶忙上前行礼。曹皇后十分高兴，特地赐予其华丽的冠帔。

听说胡家贤女得到曹皇后赏识，达官贵人纷纷前来求婚，却被胡淑修一一推辞。此时，李之仪还没有做官，他父亲的官职也不高。李之仪的父亲原以为去胡府求亲不会有什么结果，然而没想到胡淑修对仪表堂堂、才华横溢的李之仪心仪已久，她直接告诉父母："这位男子可以托付终身。"此语一出，好事遂成，李之仪与胡淑修不久即结为伉俪。胡淑修婚后，孝顺公婆，敬爱丈夫。李之仪的父亲病重时，胡淑修亲自侍奉汤药，无微不至。1925 年《无棣县志》记载：李之仪母亲亡故后，淑修哭泣不辍，背土掩封墓穴，并在坟旁栽种了很多松树、柏树。

李之仪一生坎坷，依赖胡淑修的贤德，得以百事无忧。胡淑修熟诵经史，精通佛理，和苏轼在文学和佛学方面展开过辩论；胡淑修又长于算学，曾帮助科学巨匠沈括解决数学难题，可谓宋代奇女子。胡淑修还胆识过人，有豪侠之气。她景仰苏轼为人，认为苏轼名重一时，他的书能使人产生杀身成仁之志，所以屡屡勉励丈夫要好好侍奉苏轼。李之仪终其一生，没有背叛苏门，很难说不是受其夫人的影响。当李之仪以"伪造"范纯仁《遗表》的罪名被逮捕下狱之时，胡淑修为营救丈夫，以奇计使人盗得寄存在某处的范纯仁《遗表》原件，于是真相大白。李之仪出狱后，胡淑修毅然与丈夫一同前往贬所，夫妇形影相携，一路上历尽艰难，终于到达当涂。在当涂不到两年，胡淑修就去世了。

胡淑修辞世若干年后的一天，须发皆白的李之仪在江边闲步，面对埋葬着爱妻的藏云山致雨峰的方向，举首远望，只见天地空旷，云水苍茫，不由得唱出一首《卜算子》小词：

> 我住长江头，君住长江尾。日日思君不见君，共饮长江水。
> 此水几时休，此恨何时已。只愿君心似我心，定不负相思意。

11. 最自信的状元

胡旦回应吕蒙正

科举制度从隋朝初创一直到清末废除，共历时一千三百余年，其间所产生的有姓名可考的文武状元七百余人。在这些大魁天下的精英人士之中，最自信的一位当属北宋初年的状元郎胡旦。

胡旦，字周父，亦作周甫、继周，滨州渤海（今滨城区）人。胡旦少有隽才，博学能文，而且志向远大，仰慕圣人周公姬旦，有傲世群伦的气概，还是一介书生时就曾扬言："应举不作状元，仕宦不作宰相，乃是虚度一生。"胡旦的豪言壮语后来实现了一半，他虽然没有官至宰相，但确实考上了状元。

胡旦中状元的事情，还要从他与一位穷儒的相识说起。相传，宋太宗即位的那年春天，河南洛阳人吕蒙正游历至山东某县，当地县令得知其颇有文采，设宴加以款待。数年前，吕蒙正被父亲赶出家门，生活常陷于窘迫，无奈之下，只好暂时前往莱州投亲靠友，如今正打算重返洛阳，参加当年的秋试。宴席上，衣衫破旧的寒门学子吕蒙正见到衣履光鲜的县令公子胡旦。少年气盛的胡旦，恃才傲人，并未把看起来略有些寒酸的吕蒙正放在眼里，待客态度十分冷淡。此时，父亲稍显责备地对胡旦称赞吕蒙正说："吕君诗写得很好，你应该对他多少礼貌一些。"胡旦问吕蒙正所作诗中是否有警句，父亲于是即席吟诵之前所阅吕蒙正的诗篇，诗歌末句云："挑尽寒灯梦不成。"胡旦大笑，戏说道："此乃一瞌睡汉。"吕蒙正虽心感不快，但其为人刚毅木讷，生性豁达，对此亦一笑了之，随后即辞别胡氏父子。吕蒙正走后，父亲将吕蒙正穷困已极，却毫不气馁，愈加刻苦读书的事迹讲给胡旦听。"挑尽寒灯梦不成"一句所写，原来是吕蒙正身处破窑，在昏黄油灯之下，发愤苦读的场景。胡旦闻言，默然不语。

转眼之间，到了第二年春天，胡旦收到了吕蒙正的来信，信上有一行字："瞌睡汉状元及第。"胡旦看信，呵呵微笑说："明年我若只考取第二名，也算输给这家伙了。"就在吕蒙正中状元的同一年的秋天，胡旦参加州府"取解试"，榜上有名，他没有太多欣喜，反而收敛浮躁心气，更加勤学。一天，目送天边的鸿雁，胡旦写下诗句："明年春色里，领取一行归。"

太平兴国三年（978）正月十九，胡旦致信好友田锡，邀田锡尽早来京赴试，欲与田锡一起"英声一振"，名动京师。太平兴国三年省试的应试人数约三千人，在讲武殿举行殿试时，胡旦思如泉涌，笔不加点，文章一气呵成，抢先交卷。殿试之后，共取进士七十四人，状元正是胡旦，而榜眼则为田锡。琼林宴上，宋太宗赐状元胡旦御诗云："报言新进士，知举是官家。"

据史料记载，宋太宗时试进士，往往把先交卷者定为第一。胡旦之所以自信能中状元，与其文章语辞清丽，文思极其敏捷有关。晚年的胡旦，失明在家，而其捷思敏才，至老不衰。有一次，宋朝史馆商议为某贵侯作传，其人出身寒微，早年当过屠户。史官觉得史书应实录此事，然而又不知用什么措辞来叙述，便登门向胡旦求教。胡旦一听，笑笑说："为何不说'某少尝操刀以割，示有宰天下之志。'""宰"，既有宰割之意，又有宰制之意，一语双关，众人听后，莫不叹服。

又过了几百年，明朝人把胡旦回应吕蒙正的故事，与宋太祖赵匡胤的名言合在一起，凑成一副有趣的对联："状元却是瞌睡汉，宰相须用读书人。"

12. 长白山兴学

元朝平民教育家张临

元朝时，今邹平市孙镇张家村曾出过一位举世闻名的平民教育家——张临，字慎与。身为布衣时，张临曾读书长白山中，因而自号长白，世人尊称他为长白先生。

在父亲的严厉督促下，张临自幼苦学，终成一代理学大儒，且终生勤学不辍。元仁宗至大四年（1311），在许师可、张养浩等师友的引荐下，张临授国子司业，任职仅半载，即辞归故里。元泰定初，又曾任孔、颜、孟三氏子孙教授。张临大半生隐居不仕，在长白山中读书授徒数十年，门生显达者有状元张梦臣、中丞张朴、大参张诚、李宪等数十人。

有一年闹饥荒，长白先生挎着一个筐子外出逃荒。一日，他来到京城，恰好碰到他的一个做大官的学生。学生见了老师，立刻将老人家请回家中好酒好菜地招待。酒足饭饱之后，师生二人就坐在大厅上喝茶聊天。忽然皇上驾到，长白先生是一介草民，既没有面见皇上的资格，又怕仓促之间生人惊了圣驾，学生就赶紧把他藏了起来。皇上被接进大厅后，看见地上长白先生仓皇之间丢下的筐子。皇上从没见过筐子，于是指着筐子

清末孙镇籍画家王兆曾绘《长白先生祠》

好奇地问这是什么，是干什么用的。学生回答说是用来盛东西的筐子。皇上更纳闷了，继续问道："为什么盛'东西'，而不盛'南北'呢？"学生不知怎样回答，急得满头大汗。长白先生在暗地里听见学生答不上来，就沉着地回答道："按照五行理论，北方壬癸水，水在筐子中就漏了；南方丙丁火，火在筐子中就把筐子烧了，而且水火还不相容。东方甲乙木，西方庚辛金。故而筐子可以盛'东西'，不可以盛'南北'。"皇上听了大吃一惊，连忙问道："说话的人是谁？"学生回奏道："是微臣的恩师，人称'长白先生'。"皇上吩咐道："赶快把老先生请出来。"皇上不但对长白先生大加赞赏，还关切地询问他是哪里人氏，以何为生，来京城有什么事情。长白先生一一作答："草民家在邹平县长白乡张氏庄，先前在县城七里铺教书。因饥荒来到天子脚下。"皇上见他学问渊博又对答从容，心里非常高兴，立即赏赐他七里铺田地若干亩，并赐银若干，让他在七里铺修建张氏祠堂。返乡之后，长白先生在七里铺接受了赐田，并用赐银修建了张氏祠堂。所以，赐田也就成了祭田。长白先生继续在七里铺教书，但是他的家人与族人却在张氏庄生活，他就从老家请来一些族人看守祠堂，耕种祭田。后人在长白山五龙池的三贤祠中将他与伏生、范仲淹同祀，还建有纪念他的专祠——"长白先生祠"。

13. 驿夫留贾驯

贾驯整顿驿站

贾驯，字致道，山东邹平人。元世祖时，贾驯由提刑吏出仕，历任户部主事、中书省检校官、中书省右司都事。元成宗初，任兵部员外郎、兵部郎中、工部郎中。元成宗大德中，升工部侍郎。元武宗初，拜工部尚书。元武宗至大二年（1309），改任户部尚书，后参议中书省事。

贾氏家族世代居住在邹平，贾驯的父亲贾友为人谦恭谨慎，诚实敦厚。曾经有乡邻远赴他乡，临行前，把装满白银的陶罐寄存在贾友家中，直到十几年后，才返回邹平。当贾友将密封完好的一罐白银物归原主时，乡邻十分感动，惊泣再拜，情愿拿出罐中一半银两作为酬谢，而贾友则坚辞不受。有一次，贾友独自行路，看见有醉汉把随身携带的丝织品遗落在道旁，连忙追赶上那醉酒之人，将其失物交还。还有一次，贾友把家里的蚕丝送去染坊加工，然后取回。又过了很长时间，在清理染好的丝线之时，忽然发现数量多了许多。贾友立刻前往

邹平市醴泉公园贾驯雕像（李兆禄摄）

染坊，归还自己多得的丝线，原来是染匠误将别的客户的货物错取给了贾友。在至诚至信的家风影响之下，贾驯也被培养成为廉洁自律、急公好义的志诚君子。

元世祖至元初，贾驯刚刚走上仕途，就被卷入一场激烈的朝政斗争中。当时阿合马专权，特别仇视御史台的正直官员。阿合马的爪牙帖木刺思，贪赃枉法，伺机陷害李唐卿等忠良之士，同时被逮捕的官员有数十人之多，贾驯也被株连其中。帖木刺思采取卑鄙手段，迫使与案情相关的官员提供伪证，以便坐实李唐卿的罪名，既而置其于死地。贾驯被关押在监狱中三年，受尽折磨和侮辱，面对各种威逼利诱，却始终不肯捏造事实，诬陷好人。最终冤狱得以平反，李唐卿免遭毒手，贾驯也

被释放。

元代驿站初设之时就已经弊病丛生，尤其是元大都附近的很多驿站，不仅差役繁多，供应负担极重，而且管理混乱。贾驯出任兵部员外郎，大力革除所辖驿站积弊，尽力为贫困站户减负。当贾驯任职期满，不久即将调离的消息传来时，数百户驿夫拦住宰相的车驾，哭泣呼号："贾员外若是离开兵部，我们这些人一定会困苦至死啊！"听到一片哀求之声，看到一张张悲伤的面容，宰相亦不免动容，于是引贾驯面见正在大都城南打猎的元成宗。皇帝了解情况后，也非常欣赏贾驯的德行和才干，当日直接晋升其为郎中，继续留在兵部任职。

14. 除暴安良唱李逵
康进之创作水浒戏

康进之，棣州（今惠民）人，元代杂剧家。康进之可能与关汉卿、王实甫是同时代人，即金末元初时人。然而，即使同是元代人的钟嗣成对这位戏曲家的印象也比较模糊，甚至连名字都不十分确定，称康进之"一云陈进之"。也有记载称康、唐二字"字形易淆"，将康进之称为唐进之。

康进之作有杂剧二种，今存杂剧《李逵负荆》，《黑旋风老收心》杂剧失传。《李逵负荆》写贼汉宋刚和鲁智恩，"假名托姓"，冒充梁山英雄宋江和鲁智深，以三盅酒为"肯酒"，以"红褡膊"为"红定"，劫走杏花庄酒店王林的十八岁女儿满堂娇，声称要"把你这女孩儿与俺宋公明哥哥做压寨夫人"。

适值清明三月三，梁山泊放众弟兄下山，上坟祭扫。李逵下山后，途经杏花庄，到王林店中买酒，见老汉愁眉泪眼，不免焦躁动怒。听完老王林哭诉遭遇，李逵以为真的是宋江、鲁智深强抢民女，愤恨已极，便回梁山向宋、鲁二人问罪，大闹忠义堂，要斫倒杏黄旗。宋江为辨明真相，遂同意与李逵下山，并立下军令状，愿以头颅打赌。经过与王林对质，李逵才知道原来是歹徒冒名作恶，悔愧不已，于是回山负荆请罪。宋江不允所请，李逵借太阿宝剑意欲自刎。正在此时，老王林冲上山来，说是两个贼汉送满堂娇回门，被灌醉在家里。宋江命李逵和鲁智深前去擒拿贼人，为民除害。全剧在"宋公明行道替天，众英雄聚义林泉。李山儿拔刀相助，老王林父子团圆"的诗歌赞颂中结束。

康进之虽然只有《李逵负荆》一部杂剧传世，但该剧成就极高，影响极大。康进之为什么专注于水浒戏、并且能够写出如此高水平的杂剧呢？这还得从当时的社会状况说起。

元朝吏治腐败，民族矛盾尖锐，汉族群众怀念那些路见不平一声吼的绿林英雄。康进之作为一介读书人，因元初歧视汉人、不举行科举考试等原因，空有才华，不得施展。面对残酷的现实，康进之把目光投向在民间传说已久的梁山好汉身上，用手中的笔寄托自己的理想，抒写内心的感情：憎恨那个恶人横行、官吏昏聩的社会，同情受欺压的弱小者，歌颂李逵这样除暴安良、惩恶扬善的大英雄。在康进之看来，只有真正维护老百姓的利益，得到老百姓的拥护，才能战胜黑暗的官府。在这种思想认识下，《李逵负荆》杂剧中写李逵对梁山的一草一木都充满热爱，正是出于对梁山泊的无比热爱，李逵才绝不允许任何人玷污水浒英雄的声誉，哪怕此人是自己敬仰的结义兄长，是忠义堂中的领袖人物宋江。当李逵误认宋江强抢民女后，不顾宋江是自己最崇拜的人，毅然砍到杏黄旗，要砍杀宋江。

15. 腥风血雨中的太后

土木之变和夺门之变中的孙太后

土木之变和夺门之变是明代重要的历史事件，在这两次腥风血雨的事件中，孙太后都展现出非凡的智慧和勇气，相关决策和行动对明朝的政局产生了深远的影响。

明宣宗孝恭皇后孙氏，山东邹平人。孙太后的父亲原名孙岩，后来皇帝敕命其改名为孙忠，其祖辈世代务农，家境清贫。孙忠早年勤于耕作，妻子金氏吃苦耐劳，即便怀孕临产时，仍坚持前往田地里给丈夫送饭，竟在土埂间生下孙太后。

明永乐年间，孙忠出资捐官，出任河南永城县主簿。彭城伯夫人是河南永城人，在永城时，见到过容貌秀美，且聪慧过人的孙忠之女，十分喜爱。彭城伯夫人是皇太子妃张氏的母亲，经常进入宫廷，谈及永城主簿孙忠之女的贤能。孙氏十余岁时，被选入内宫，明成祖指派太子妃加以抚育。当时的太子妃也就是后来的明仁宗皇后张氏，年少的孙氏在明仁宗皇后的身边，逐渐熟悉宫廷生活，同时也得到良好的教养。孙氏和皇太孙朱瞻基（后来的明宣宗）一起长大，青梅竹马，情投意合。永乐年间，孙氏先是被选为皇太孙嫔，后为皇太子嫔。朱瞻基即位以后，册封孙氏为贵妃。按照明朝旧例，皇后才能有金印金册，贵妃及以下，有册而无印。宣德皇帝朱瞻基宠爱孙氏，宣德元年（1426）五月，向张太后请求，破例制造金印赐予孙贵妃，明代贵妃有金印就是从此开始的。宣德二年（1427），

邹平市醴泉公园孙太后雕像（李兆禄摄）

孙贵妃为明宣宗朱瞻基产下长子朱祁镇，即后来的明英宗。宣德三年（1428），朱祁镇被立为皇太子，孙贵妃被册立为皇后。

明宣宗去世后，朱祁镇即位，尊孙氏为皇太后。明正统十四年（1449），明英宗好大喜功，在宦官王振的怂恿之下，贸然亲征瓦剌，结果兵败土木堡。明英宗朱祁镇被瓦剌军俘虏，明军精锐损失殆尽，京师告急。在强敌进犯、国家存亡之际，孙太后临危主政，果断摈弃了部分朝臣的南逃主张，当即命庶子郕王朱祁钰即位，这就是明景帝。提拔主战派于谦为兵部尚书，积极调兵遣将坚守北京等一系列正确决策，终于力挽狂澜，取得京师保卫战的胜利，明王朝转危为安。

明景帝即位后，尊孙太后为上圣皇太后。明英宗羁留蒙古期间，孙太后多次派人送去御寒的衣裘。明英宗被迎回之后，

景泰帝贪恋皇位，将朱祁镇软禁在南宫，废除孙太后所立太子朱见深，改立自己的儿子为太子。孙太后任凭景泰帝废立太子，悉心保护好被幽禁的太上皇朱祁镇和被废的小太子朱见深，维护明朝政治相对稳定的大局，静观时势之变。

景帝命运多舛，儿子与杭皇后相继死去，且再无子嗣。明景泰八年（1457）正月，在景帝病重且又执意拒绝朝臣重新立太子的奏议、明朝皇位面临传承危机的关键时刻，石亨、徐有贞、曹吉祥等策划政变，密谋拥戴被囚禁于南宫的明英宗复辟，孙太后又明确支持实施"夺门之变"。孙太后的兄弟孙继宗和孙显宗都参加了夺门之变，率领子、侄、甥、婿、义男、家人、军伴四十三人，各藏兵器，夺取东上门，直达宫门。在孙太后支持之下，夺门成功，朱祁镇顺利复位，政局得以稳定，从而消除了明朝政治上的又一次危机。明英宗恢复帝位后，尊孙太后为"圣烈慈寿皇太后"，明朝自此开始有宫闱徽号。

明英宗天顺六年（1462），孙太后驾崩，谥"孝恭懿宪慈仁庄烈齐天配圣章皇后"，与明宣宗合葬于明景陵，附祭于太庙。孙太后两安社稷，功被天下，是明代杰出的女政治家。

16. 杨巍故乡那些事

杨巍归乡孝母

明代杨巍的人生经历颇为传奇，多有逸闻轶事，其归乡孝母的事迹至今仍在民间广为流传。杨巍（1516—1608），字伯谦，号梦山，又号二山，晚号漫翁，明代海丰县尚义里（今无棣县杨三里村）人，明嘉靖二十六年（1547）进士，历仕嘉靖、隆庆、万历三朝，曾任工、户、吏三部尚书，故乡人尊称其为杨天官或杨太宰。

杨巍幼时家境清贫，经常随母去野外挖菜，母亲安氏总是耐心细致地向他讲解各种野菜的名称和特性。当杨巍年龄稍大一些的时候，刻苦学习之余，更喜欢抢着去挖野菜，一边挖菜，一边迎着微风，在乡间田野中无拘无束地独自漫步。杨巍的父亲有时外出归来，见到儿子不居家读书，反而去挖野菜，不免动怒，责备安氏夫人分不清孰轻孰重，放纵孩子四处游荡，耽误前程。杨巍的母亲则解释说，教育孩子应因材施教，如同诊病用药一样，要充分考虑患者个体病症，人参对体弱虚脱者有良效，却会使火热内盛之人病情加重。杨巍终日闷坐读书，偶尔出门挖野菜，既从事力所能及的劳动，恰好也能借此散散心，起到缓解疲劳的作用。母亲对杨巍关怀备至，同时也严格要求，苦心栽培，除教导杨巍砥行博学外，还时时教导他要做一个忠廉的人。

杨巍后来也没有辜负母亲的期望，成为贤孝两全的一代名臣，曾得到明神宗钦赐"天下达尊"匾额，清代顺治帝也在御制祭文中称颂其为"前代功臣，勋劳茂著"。杨巍天性纯孝，在兵科给事中任上时，听说父亲去世的消息，痛不欲生，竟然一病不起，数日水浆不入口。官至高位的杨巍，平日退朝后，公务结束，一般就闭门谢客，身着便服，在老母身边尽心服侍。凡是母亲的盥洗、漱口、吐痰、挠痒、按摩、搀扶起卧之类事情，杨巍都亲力亲为。每逢风和日丽的春天，杨巍自己装扮成村民，背负身着锦绣衣服的老母亲，徐徐行走在花丛中，再现小时候母亲背他的情形。遇到母亲心情不好的时候，杨巍便拍手歌舞，作小儿之态，逗母亲高兴。杨巍照顾老母，无微不至，母亲安氏享寿 104 岁。万历七年（1579）四月，杨母病重弥留之际，想吃西瓜，而当时天气还比较冷，很难找到西瓜。等到杨巍想方设法找到西瓜时，老母已经去世。杨巍对此悲痛不已，从此终身不再吃西瓜，即便酷暑难耐，也只是饮水而已。

杨巍一生立修齐志，存忠孝心，这在其《起巡抚陕西》诗中也有表现："朝廷多难日，臣子请缨时。早晚干戈定，归来慰母慈。"

17. 私物公用

清廉张延登

张延登（1566—1641），字济美，号华东，山东邹平人。明万历二十年（1592）进士，先后任内黄县知县、上蔡县知县、工部尚书等职。

张延登衣食朴素，无所奢求，而行政严明，尽心竭力为民造福，在河南内黄知县任上，披星戴月，勤于县政，兴利除害，为当地百姓做了很多好事。当时正值倭寇之乱，张延登在内黄县募兵练士，同时努力发展农业生产，额外积藏粮食至六千多石，以为保障之计。张延登幼年丧母，由伯父张一元和伯母刘氏抚养成人。张一元某次休假，途经内黄，对张延登黾勉勤政，

《长白仙踪图》描绘张延登与"白兔公"奇缘

廉洁奉公的居官表现非常满意，欣然将自己的余俸二十金赠予侄儿，以资鼓励。在内黄县财政经费缺乏的情况下，张延登将所得官俸几乎全部捐出，用于县内各项建设，未曾寄一钱归家。明代内黄县城永卫门外有一座大成桥，相传就是张延登捐资修建。明万历年间，内黄城关的东西南三面都有桥，唯独北郭门外环城河上没有桥梁，到了秋汛之时，河水漫溢，道路阻绝，行人叫苦不迭。张延登目睹百姓苦况，遂捐出俸银，在内黄城北创建大成桥。由于经常将应得的俸禄捐出，用于公事，作为内黄一县之长的张延登，生活虽不至于捉襟见肘，却也十分拮据。待到准备进京朝觐之时，县太爷张延登发现自己居然路费全无，在父亲张一亨的资助下，才勉强凑齐差旅费用。

任上蔡县知县期间，张延登停征荒地银，核清逋赋，向乡民发放耕牛和种子，设立粥厂，建共济庄，如有盗贼，则坚决擒拿，取得卓著政绩。曾有暴雨侵袭上蔡县境，连日大雨毁坏城垣数十丈，张延登亲率河夫三千人，日夜坚守，奋力修缮加固，确保人民群众生命财产安全。据记载，在此次上蔡县抗洪抢险过程中，所需用的大量银两和物资，张延登"或取办于家", 也就是说, 有相当一部分救灾钱物是其从故乡家中筹措而来。在明熹宗天启年间担任过吏部尚书的李宗延专门撰写《德政碑》, 高度颂扬张延登治理上蔡县的功绩, 文中有"虚家以实邑, 瘠邹以肥蔡"之语。

明末清初史家查继佐在所撰《明书》中为张延登立传, 记载其"私物公用"的清廉事迹: "历内黄、上蔡二县, 有治行。在官资用, 一切自家致之。"张延登从州县官员成为朝堂重臣, 功名显于天下。张家厅堂上的一副对联"门多将相文中子, 身系安危郭令公", 可以说是张延登一生行事最好的概括。

18. 碧血丹心劾阉党

东林六君子之一袁化中

明朝天启年间, 宦官魏忠贤把持朝政, 拉拢腐败官员, 结成阉党, 营私舞弊, 残害忠良, 把整个国家搞得乌烟瘴气, 民不聊生。以东林党为代表的清流派官员与阉党展开了长期艰苦的斗争, 不少人惨遭杀害, 东林六君子就是其中著名的六位官员。东林六君子中的袁化中是惠民县清河镇袁家村人。

袁化中, 明万历三十五年(1607)进士。为官地方时, 清廉有为, 为百姓做了很多善事。泰昌元年(1620), 袁化中被调到朝廷担任御史, 负责纠察弹劾官员作风问题。他钦佩杨涟、左光斗等东林党人的公正清廉, 与他们声气相投, 仗义执言。天启四年(1624)夏, 杨涟进呈长篇奏疏, 弹劾魏忠贤专权乱政、欺君蔑法、仗势作威等二十四大罪状, 希望皇帝早日惩处他以救社稷。结果皇帝相信魏忠贤，反而斥责杨涟弹劾魏忠贤之罪毫无根据，是想让皇帝无故斥退身边的人而陷入孤立境地。

消息一出，袁化中率领十三道御史联名上疏称："魏忠贤障日蔽月，逞威作福。把大臣当作奴隶，

《碧血录》中"东林六君子"插图，右上为袁化中

草菅内外廷官性命，致使朝野同危，人神共愤。因为陛下以前不知道，他还有畏惧之心；如今陛下已经对他的恶行有所了解，因此他最害怕陛下治他的罪，害怕死。如果孤注一掷，铤而走险，我等担心他宣泄愤怒的对象不在官员而在陛下。陛下身居内宫，平日让多疑多惧的魏忠贤陪侍左右，应该有所提防。"奏疏上达后，魏忠贤对袁化中极为痛恨，只是暂忍不发，等到时机报复打击。

几个月后，阉党成员、内阁大臣魏广微向皇帝诬陷左光斗、

袁化中等官员轻蔑年幼的皇帝，结党擅权，应该尽数窜杀以彰显帝王权威。明熹宗最恨官员结党，竟然认为魏广微所言有理，下旨切责左光斗、袁化中等人。天启五年（1625），在辽东抗金的大臣熊廷弼率领的明军遭遇惨败，明熹宗大怒之下将他下狱问罪。熊廷弼在狱中觉得自己并无致命过失，想方设法行贿托关系求生，于是他找到了东林党智囊、中书舍人汪文言。锦衣卫以涉嫌受贿抓捕汪文言，魏忠贤让酷吏许显纯审讯汪文言，问杨涟、左光斗、袁化中等17人受贿情状。汪文言颇有风骨，虽受尽折磨却答："这些人都是正人君子，怎么会接受贿赂，藏有赃物？"许显纯无计可施，便将汪文言折磨致死，撕掉真实证词后又伪造了一份。这份伪造的供词里，东林党人杨涟、左光斗、魏大中、袁化中、周朝瑞、顾大章都接受过熊廷弼的贿赂，其中袁化中受贿白银六千两。他们收到钱后，便上疏替熊廷弼开脱罪责。

明熹宗阅后大怒，认为东林党平日满口仁义道德，私下一肚子男盗女娼。下旨把六人先后投入诏狱。诏狱是专门羁押钦犯的地方，设在锦衣卫管辖的镇抚司。诏狱裁量权极大，可以自行逮捕、刑讯、处决犯人，不必经司法机构审判，进去容易出来难。六人先后被折磨而死，但魏忠贤仍不解气，令人编纂《东林点将录》，将东林党人按照小说《水浒传》中人物的名号登记造册。袁化中的称号是马军五虎将之一的天立星双枪将。

崇祯初，东林六君子悉数平反，朝廷赠袁化中太仆寺卿，官其一子，南明时谥为忠愍。惠民百姓为他立起双忠祠，按时祭祀。

19. 一门十二进士

杜受田仁孝教皇子

滨城有这么一个家族，人才辈出，号称"一门十二进士""父子五翰林"，久有"书香官宦门第，进士多人之家"的盛誉，这个家族就是杜氏家族。清道光、咸丰年间，到杜受田这一代，杜氏家族达到鼎盛。杜受田会试第一，殿试二甲第一成进士，选庶吉士。官至工部尚书、吏部尚书、刑部尚书、协办大学士。

杜受田画像（毛雪琴画）

杜受田生性笃实谨严，敏而好学，在父亲杜堮的悉心培养之下，寒窗苦读，品行端正，老成持重。《杜文正年谱》记载：受田年幼时，不同于儿辈，与人无争，不做忤逆之事，每遇争端，往往一言化解。其见识远出儿辈之上，小伙伴们都觉得他非同寻常，喜欢聚集在他周围玩耍。

道光十五年（1835），杜受田因道德高尚、学问渊粹，得以入值上书房，教授道光帝第四子奕詝读书。杜受田初为上书房行走，后来又担任上书房总师傅，深感位尊职重，尽心尽力，对奕䜣谆谆教导。咸丰帝回忆自己从学于杜受田的经历时，对恩师充满感激之情："我从六岁开始入学读书，先皇特谕杜受田为我讲习讨论，十多年来，启迪多方，恪勤不懈，使我受益良多。"咸丰帝嗣位后作《忆昔有感》诗，感念师恩道："忆昔丙申年，六龄初入学。芝农日诲予，良传咨启沃。"

据清代文献记载，杜受田不仅精通典籍，而且深谙世情，善于洞察人心，在奕䜣取得帝位的过程中，起到了至关重要的辅助作用。一年春天，道光帝命诸皇子校猎南苑，奕䜣事前得到师傅杜受田的嘱咐，射猎时故意一箭不发。道光帝问之，奕䜣回答："现在正是春天，鸟兽繁育，不忍违反自然而杀生。"道光皇帝大悦，说道："这真是帝王应该说的话呀！"道光皇帝晚年，身衰体病，一天同时召奕䜣和奕䜣入对，奕䜣条陈时政，知无不言，言无不尽；而奕䜣听见道光皇帝自言老病，将不久于皇位，按照师傅杜受田所教，不发一言，只是伏地流涕，以表忠君爱父之诚。道光帝因此认为奕䜣仁孝，于是将其立为储君。

咸丰帝登基之后，在杜受田影响下，采言纳谏，下诏招贤，力图有所振作，之前曾遭贬黜的主战派林则徐、姚莹、周天爵等相继被重新起用。咸丰二年（1852），黄河泛滥，山东以及江淮地区受灾严重，杜受田奉命前去赈灾。在赈灾途中，杜受田一路劳瘁，又因暑热触发旧疾，病逝于江苏淮安清江浦。

咸丰帝从六岁入上书房读书开始，前后十七年间，在杜受田的陪伴和教导下日渐成长。对于咸丰帝来说，杜受田不仅是师傅，也情同亲人，还是最值得信赖和倚仗的股肱之臣。当杜受田的死讯传到北京时,咸丰帝不觉失声痛哭,提笔写道:"十七年情怀付于逝水。呜呼! 卿之不幸,实朕之不幸也!"

20. 鸽学开山

明末清初张万钟与《鸽经》

说到研究鸽子,那要说一说有"鸽学开山"之称的张万钟。张万钟是邹平人,出生在明朝万历年间。张家是一个官宦世家,张万钟的伯祖张一元官至河南巡抚,父亲张延登官至工部尚书。张万钟是家里的第三个儿子,他从小就聪明大胆,长大后更是雄才盖世,在崇祯十一年(1638)和崇祯十五年(1642)清兵两次入侵邹平时,张万钟都参与了抗清战役,奋力保全了邹平县城,使百姓免遭涂炭。后来张万钟迁居南京,任镇江府江防同知兼推官,在任期间他全力巡守江防,尽职尽责。

张万钟所著的《鸽经》是最早的一部研究鸽子的专著,这部专著大致是在1604至1614年间写成的,全书由论鸽、典故、赋诗等几部分组成,系统并详细地叙述了鸽子的品种、特征、鉴赏、饲养,并记载了许多有价值的鸽子史料和历代名人咏颂鸽子的优美词句。通过《鸽经》的记载,可以看出我国古代人们饲养鸽子的水平很高,培育的信鸽的飞翔速度与今天的冠军鸽相当。《鸽经》全文有七千多字,虽然篇幅不长,但兼具科学性和人文性,比如对鸽子的品种进行了科学的辨析,从羽毛、鸣叫、飞翔、眼、嘴、脚、体形等方面精确细致地辨析了160多个品种。张万钟对鸽子特征的描述不仅精细,而且富有文采,例如他这样描述丁香鸽："嘴如牟麦，头如核桃，体如瓦雀。声中羽，其鸣最细。脚红如丹砂，凤起若丝……"这里用了一系列的比喻介绍丁香鸽，既细致又形象。

张万钟为什么如此钟爱鸽子并潜心研究鸽子呢？因为他认为鸽子形态美好，性情温顺，情感专一，非常符合人们的审美标准，所以赋予了鸽子优秀的人文品性，使鸽子具有了浓郁的人文色彩，张万钟对鸽子的喜爱就是对美好人性的赞美。因此，可以说《鸽经》是对鸽子文化的一次很好的总结，为后世提供了很珍贵的鸽学史料，为今天鸽子文化的发展提供了非常有益的借鉴。

张万钟这部在鸽类研究史上具有开创性的《鸽经》能够流传后世，得益于他的女婿，即清朝初年著名诗人王士祯（别号渔洋山人），是王士祯把《鸽经》收入了《檀几丛书》中，才使得这部鸽学开山之作得以存留下来。

蒲松龄的《聊斋志异》中有一篇小说叫《鸽异》，有的学者推测故事中那位爱鸽成癖的邹平张公子幼量就是以张万钟为原型塑造的，幼量是张万钟的弟弟张万斛的字，蒲松龄将万钟和万斛兄弟俩的字记混了也有可能，将《鸽异》与《鸽经》细加比较，可以看出《鸽异》中有些内容参考了《鸽经》，所以说《鸽异》是一篇"真人假事"的小说也不无道理。

21. 封泥正名

金石收藏家吴式芬

在明清时期海丰（今无棣）有一个齐鲁望族吴氏，封泥的最早发现者和研究者吴式芬就出自这个家族。吴式芬是清代著名的金石收藏家和考古学家，出生于清嘉庆元年（1796），生活在这个进士世家、尚书门第的豪门大族，自然深受家族文化的熏陶，他聪慧敏锐，只是幼年不幸，双亲早亡，跟随祖父生活。祖父把他视为掌上明珠，延请名师教他读书，对他予以精心护惜和深切训导。吴式芬儿时入学读书时便得到塾师赞赏，塾师看到他聪颖异常，断定他长大后必会有一番大作为。塾师的判断果然没错，吴式芬官至内阁学士兼礼部侍郎，在许多领域都有非凡的建树，在历史学和古文字学方面的造诣尤其高深。他幼年时就表现出了对金石文字的偏好，后来专攻训诂学，长于音韵、考订，喜欢拓印收藏鼎彝、碑碣、汉砖、唐镜上的文字，懂得书画，喜欢作诗，擅长鼓琴，可以称得上是博识多才。又加上性情平和，交友重道义，虽然身居贵显，但意趣淡泊，人们倾慕他的笃雅，都乐意与他交往。吴式芬著有《捃古录》《捃古录全文》两部金石学专著，又汇集金石目录，按州县编为《金石汇目分编》。吴式芬的金石学著作中对金石文著录的数量之多和对金石文诠释之精细都远远超过前人，确实不负"硕学通儒"的称号。

吴式芬对古玺印和封泥研究的贡献很大，他考藏的印谱有《海丰吴氏双虞壶斋印存》，这部印谱钤拓精美，抉择严谨，

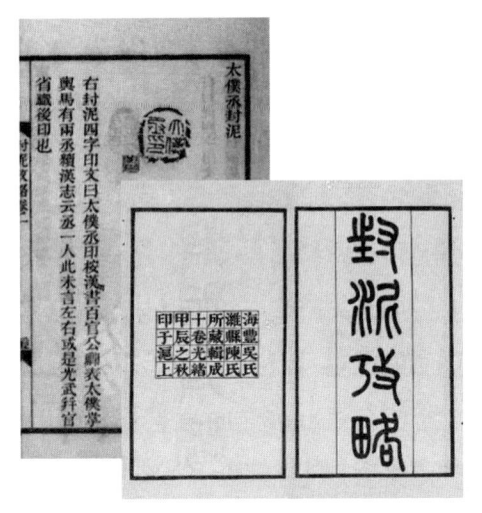

《封泥考略》书影

被视为"有清一代铜印谱之冠"。吴式芬首次确定了古玺的年代，将古玺列在秦汉印之前，打破了"三代无印"的偏见。吴式芬关注到了封泥独特的史料价值，有意识地收藏并细致考释出土封泥，著有《海丰吴氏藏汉封泥》《汉泥封考略》，后来编入他与儿女亲家山东潍县的封泥收藏者陈介祺就两家所藏封泥合撰的《封泥考略》中。王国维《简牍检署考》记载："古人以泥封书……封泥之出土，不过百年内之事，当时或以为印范，及吴式芬之《封泥考略》出，始定为封泥。"吴式芬断定被长期误认作"印范"的钤有印章的土块，就是秦汉魏晋时期的封泥，他是第一位为封泥正名的人。《封泥考略》是最早的一部对封泥详加考释的专著，是古封泥研究史上的开创之作，书中收录并考释了秦汉官私封泥849枚，对研究秦汉时期的官制、地理以及篆刻艺术都有重要的参考价值。

22. 作家校长

散文作家李广田

李广田在《地之子》诗中写道："我是生自土中，来自田间的，这大地，我的母亲，我对她有着作为人子的深情。"确实，李广田来自广袤的齐鲁大地，是生长于邹平田野的"地之子"。1906 年 11 月 16 日，李广田出生于邹平码头乡小杨村的王姓贫苦农民家庭，本名锡爵，排行第四。未满周岁，即被过继给邻近草庙头村中年无子的舅父李汉云，改姓李，名广田。

少年时代的李广田，聪敏好学，一面读书，一面务农。故乡的山山水水、一草一木、风土人情，都在李广田的人生记忆里留下不可磨灭的印象，为日后的文学创作积累了大量生活素材。

李广田先后在济南、北京大学求学，从事诗歌、散文创作，参加爱国进步运动。1941 年 9 月，流亡到云南，李广田任教于西南联大中文系，主要讲授文艺理论。在抗日救亡的热潮中，作为爱国的知识分子，李广田一面教书、创作，一面积极参加进步学生组织的文学社团活动和爱国民主运动。他担任了文艺社导师，和朱自清、闻一多等共同领导学生的文艺活动，办刊物、出周报、举行各种集会、宣传抗日，强烈要求建立一个和平、民主、自由的新中国。思想的成熟带来了创作的丰收，他出版了散文集《雀蓑记》，以流亡生活为题材创作了散文集《圈外》，再版改为《西行记》。这一时期还出版了散文集《灌木集》《回声》，短篇小说集《欢喜团》，论文集《诗的艺术》。

完成了长篇小说《引力》的创作，在《文艺复兴》杂志上连载，此书很快就被翻译成日文，在日本出版。

抗日战争胜利后，国内战争又阴云密布，1945年底发生了国民党军警、特务向集会学生扔手榴弹炸死四名学生的惨案，李广田受到强烈的震撼，他与进步师生一起，参加游行、罢课、为四烈士守灵等活动。他怀着满腔的愤怒，以笔为枪，写下了杂文《不是为了纪念》、诗歌《我听见有人控告我》。

1946年9月，西南联大恢复为原来的北京大学、清华大学、南开大学，经朱自清邀请，李广田到清华大学任教授。1948年7月加入中国共产党。

1949年初，北平和平解放，李广田当选为清华大学校务委员，出版了短篇小说集《金坛子》、散文集《日边随笔》、文学评论《文学枝叶》《文艺书简》、文艺论文集《创作论》等著作。他参加了第一次全国文代会，当选为全国文联理事。

1952年，全国高等学校院系调整，李广田被任命为云南大学党组书记、副校长，校长由知名的抗联英雄、云南省政府副主席周保中兼任。李广田主持云南大学的日常工作，并兼任云南省作家协会副主席、中国科学院云南分院文学研究所所长等职。1957年5月，任云南大学校长。李广田积极推行教学改革，狠抓教学质量。他强调，教与学、师与生，是教学中矛盾的两个方面，教师在教学中总是起主导作用。他引用"教学相长"的古训，提出了新的认识，并重新解释了教学原则。在他主持工作的几年里，云南大学建立了新的教学制度、教学组织、教学方法和教学思想，教学质量逐年提高，学校事业得到了全面发展。

在云南大学工作期间，李广田勤于政务之余仍笔耕不辍，其文字技巧和思想内容较前更趋洗练和成熟，常于诗情画意的描写中，透示出富于哲理的意趣。他在云南的著作有诗集《春城集》、自选集《散文三十篇》，还陆续写了一些散文，特别是《花潮》成为名篇，"文如其人，人如其文"，评论家们评价极高。

李广田最让人民难以忘怀的是重新整理修订了撒尼人叙事长诗《阿诗玛》并担任同名影片的文学顾问。《阿诗玛》是中国第一部音乐电影片，震动了中国也震惊了世界的文坛，"阿诗玛"成了云南最闪亮的一张名片。此外，他还整理并出版了傣族传说《一滴蜜》、长篇叙事诗《线秀》，对民间文学的挖掘整理做出了显著贡献。

（二）事件故事

1. 演阵斩美

孙子吴宫教战

被誉为东方兵圣的孙武是春秋时期齐国乐安（今惠民）人，他有卓越的军事才能和政治才能，被后世尊称为孙子。孙子喜欢阅读兵书，广泛了解兵史，对战争有深入的研究，著成了兵

惠民县孙子故园孙子雕像（李兆禄摄）

法十三篇，这十三篇就是被后世誉为兵经的《孙子兵法》。

当年，由于齐国内乱，孙子选择了去吴国发展，当时楚国的伍子胥因为父亲伍奢被楚平王杀害而逃奔到了吴国，两人成为好友，伍子胥向吴王阖闾"七荐孙子"，吴王相信伍子胥推荐的人一定错不了，于是答应接见孙子。孙子晋见吴王时向吴王晋献了自己的兵法。吴王读后，非常赏识孙子的学识和才干，感觉到孙子能为自己的霸业助一臂之力。但是吴王还是觉得孙子只会纸上谈兵，于是在接见孙子时，表示想通过孙子现场演练兵法来看看实际效果如何。这对孙子来说不在话下，甚至当吴王提出由宫中女子组成军队来演练兵法时，孙子也是毫不犹豫地满口答应。于是从宫中选出的一百八十位美女成为孙子演练兵法的兵士，面对这些柔弱的女子，孙子很有信心，这份信心是他对自己的兵法的自信。

演练开始了，孙子把一百八十位美女分成两队，并安排吴王的两位宠姬持戟分别担任队长。他以人们对心、左右手和后背的方向认知向美女们解释了规则，这可以称得上是既简洁又明了的方式。孙子告诉这些美女："我说向前，你们就看向心所对的前方；说向左，就看向左手所在的方向；说向右，就看向右手所在的方向；说向后，就看向后背所对的方向。"美女们都表示听明白了演练规则。为了表示演练的严肃性，孙子还把砧刀和大斧等刑具放置在了演练场旁边，而且把规则又反复强调了几遍。

于是孙子击鼓号令美女们向右，她们不仅没听从号令，反而大笑起来。见此情景，孙子并没有指责这些美女，而是说："纪律不严，号令不熟，是将领的错。"接着又三番五次地向美女们说明了演练规则，然后击鼓号令美女们向左，美女们又大笑起来。这一次孙子生气了，说道："纪律不严，号令不熟，是将领的错。将领意识到这个问题后严肃了纪律，熟悉了号令，而兵士不遵号令而行，那就是官吏和士兵的错了。"于是要斩了两队的队长。正在台上观看演练的吴王一看孙子要斩他的两位爱妃，大惊失色，赶紧派手下去转告诉孙子："寡人已经知道你非常擅长用兵了，到此为止吧，两位爱姬可万万斩不得，若斩了她们，寡人会吃不香睡不安的。"

孙子明白吴王的心思，但是他有自己的练兵原则，于是告诉吴王说："大王，我已受命为将领，您是听说过的，将领在军中领兵作战时，不是事事都要听令于国君的。"孙子没有顾虑吴王的话，斩了两位队长以示众，又另外委派了两位队长，然后继续击鼓发令。这一次美女们不论是向左向右、向前向后，还是跪下、起立，无不严格遵照号令，再没有人敢出声嬉笑了。孙子派人向吴王报告说："队伍已演练齐整，大王可以下台来亲自验看，这些队伍可以任凭大王调遣，即使让她们赴汤蹈火也没问题。"失去两位爱姬已让吴王心里很不舒服，他没有心思去看演练了，怏怏地对孙子说："将军结束演练回馆舍休息吧，寡人就不下去看了。"孙子见吴王的情形，感慨道："大王只是欣赏我兵书中的理论而已，却不能付诸用兵实践。"其实吴王对孙子的用兵是十分认可的，只是一时心痛被斩的两位爱姬罢了。

后来孙子被吴王任命为将军，在军事上给吴王提供了很大的帮助，在吴国立下了卓著的战功。在孙子五十多岁的时候，他的好友伍子胥被迫自杀，他感慨万千，思虑再三后选择了飘然高隐，继续去修订他的兵法了。

2. 摹写宫掖
蒋少游偷画建康城宫殿

在中国史书中，第一位以建筑成就卓越被选入列传的是乐安博昌（今博兴）人蒋少游。他是北魏时期著名的建筑家、书法家、画家和雕塑家，他原属于南朝刘宋王朝，出身当时青州的名门望族。在北魏攻略山东时，蒋少游被俘虏到平城（今山西大同，北魏第二个都城），并被发配到云中为兵。像蒋少游这样被掳掠强行迁徙到魏都平城的南朝民户被称为平齐户。

蒋少游机敏巧慧，擅长画刻。他又喜欢博览全书，才学过人，在众多平齐户中显得特别突出，所以被召到中书省负责抄写工作。在此期间他得到了重臣高允的赏识，被安排从事绘画、雕刻和建筑设计类事务。后来高允与大臣李冲力证了蒋少游的望门出身，并向朝廷大力推荐，蒋少游这才得以摆脱兵籍进入仕途，并进而得到了文明皇太后和孝文帝拓跋宏的重视，曾先后任散骑侍郎、都水使者、前将军、将作大匠、太常少卿等官职。

北魏太和十五年（491），孝文帝准备拆除平城的太华殿，然后再建一座正殿，他派遣李道固与蒋少游一同到南朝齐国摹写宫掖，即学习参考南齐的宫廷建设。蒋少游是以副使身份访齐，他有一个很重要并且需要秘密进行的任务，即悄悄观察建康城的城市建设和宫殿形制，秘密绘制图画带回去。蒋少游的目的和行迹被齐国官员察觉，齐大臣崔元祖对齐武帝分析了其中的利害，他说："蒋少游是我的外甥，他的才华我非常了解，在建筑方面可与鲁班相媲美。北魏朝廷也深知他的才能，任命他为将作大匠。他这次来访，表面上是副使之职，实际上是来偷偷学习我们的宫廷建制的，怎么可以让北夷之邦学习我们的宫廷工艺呢？为了避免我们的建筑技艺被窃掠，可以考虑扣留蒋少游，只放他们的正使回去复命即可。"齐武帝听了崔元祖的分析，虽然觉得有些道理，但是对扣留蒋少游的建议犹豫不决，他说："邦国之间使臣往来是一种友好的表现，可以互通有无，增加感情，无故扣留使臣不利于两国的邦交。"因而没有采纳崔元祖的建议。由此，蒋少游有机会遍览齐国宫廷，他细细地观察，默默地存记在心里，回到到北魏后，凭着记忆把建康城和宫廷的形制画出来，模仿中原的建筑风格设计营建了北魏都城。可以说，蒋少游对营建平城起了决定性的作用。

孝文帝迁都洛阳之后，着手改革鲜卑旧俗，全面推行汉化。

蒋少游因巧思慧心被任命主持宫殿苑囿的规划与设计、制定朝中冠冕制度。蒋少游借鉴中原传统建筑风格，又融入自己的建筑艺术理念，改造了洛阳旧城，又新建了外城，这次洛阳城的建设在中国都城建设发展史上占有非常重要的地位。当时蒋少游设计的褒衣博带的服装样式也大兴于世，流行了很长时间。

蒋少游以超强的记忆和超高的绘画、建筑才能，对南、北建筑风格的糅合起了很大作用。蒋少游文思出众，文藻不凡，倾心于自己喜爱的建筑事业，长期手持刀斧绳尺奔波忙碌在园湖城殿之间，众人都为他感到可惜，蒋少游却是"坦尔为己任，不告疲耻"，乐此不疲，不觉得这是低贱羞耻之业，可见他对待艺术的执着与坚守非常人所及。

3. 长白山下知世郎

王薄首倡起义

"长白山下知世郎"说的是隋末农民起义军领袖、邹平人王薄。隋炀帝统治末期，朝廷穷兵黩武，兵役频繁，曾经三次出兵高句丽，导致兵士伤亡严重，再加上徭役日益加重，连年旱涝灾害，百姓实在是生无所赖，不堪重负。隋大业七年（611），王薄与同郡的孟让以位于邹平和章丘交界处的长白山雕窝峪为据点发动了农民起义，后来转战于齐郡、济北郡一带，揭开了隋末农民起义的序幕。

王薄自称知世郎，意思是说自己能预知天下世事的变化发展。他深知扩大起义队伍需要调动民众参与的自主性，用什么方法能快速调动起民众的自主性呢？他想到了民歌，民歌通俗易懂，具有传播迅速广泛的特点，于是王薄充分发挥了民歌的这一特点，开始作了一首："要抗兵，要抗选，家家要把铁器敛，敛起铁来做成枪，昏君赃官杀个光。"这首歌谣迅速传遍长白山区，很快激发起

邹平市隋末王薄起义遗址王薄雕像（李兆禄摄）

了民众参加起义军的热情。接着王薄又作了一首《无向辽东浪死歌》：

> 长白山前知世郎，穿着红罗锦背裆。
>
> 长矟侵天半，轮刀耀日光。
>
> 上山吃獐鹿，下山吃牛羊。
>
> 忽闻官军至，提刀向前荡。
>
> 譬如辽东死，斩头何所伤。

这首歌谣的号召力更强，效果非常好，不堪兵役徭役重负的百姓争相投奔王薄。王薄在长白山首倡起义后，很快便得到黄河

下游一带起义军的响应，他们攻陷郡县，惩治贪官污吏，抑制地主豪强，掀起了轰轰烈烈的隋末农民大起义的局面，给隋王朝的统治以沉重的打击。

隋大业八年（612），王薄的起义军队伍发展到数万人，他们屯于泰山下。声势浩大的起义军引起了隋炀帝的惊怒，他命令齐郡丞张须陀率领郡兵前往泰山下讨伐王薄起义军。这时王薄因多次取胜而生骄妄之心，防备松懈的起义军不敌张须陀的郡兵，接连在岱山、临邑失利。王薄先后投奔了弑杀隋炀帝的隋将宇文化及和割据群雄之一窦建德，最后归降了李唐王朝，被任命为齐州总管，王薄还劝说青、莱、密等州归顺唐王朝。

唐高祖武德五年（622）三月，王薄随宋州总管盛彦师攻打须昌，兵粮补给告急，他们向潭州征调军粮。潭州刺史李义满曾经与王薄有过节，所以紧闭粮仓，拒绝提供军粮。后来须昌被攻下，盛彦师将李义满拿下，监禁在齐州狱中。当时唐高祖下诏释放李义满，不料传令的使者还没到齐州，李义满已因忧愤而死在狱中。王薄回师途径潭州时，在一个夜晚被李义满的侄子李武意捉住并杀害了。这位隋末农民起义首倡者的结局也是令人唏嘘不已。

4. 监本《九经》诞生记
田敏校订雕版刻印《九经》

邹平有一位时跨七代、历仕五朝的儒学大师，这位儒学大师就是田敏。他出生于唐朝广明元年 (880)，于宋太祖开宝四

年 (971) 病逝，经历了唐、后梁、后唐、后晋、后汉、后周、宋七个朝代，在后梁、后唐、后晋、后汉、后周五个政权时期做过官。王敏所经历的朝代、所任官职真不是一般的多。

田敏少年时期经历了唐朝末年的战争动荡，在那个动荡的时期，他仍然坚持读书，博涉经学典籍，尤其熟读《春秋》，精通各种典礼制度，这都为他后来出色地完成校订雕版刻印《九经》奠定了坚实的基础。

五代以前的经典是民间刻印制作，在刻印和辗转传抄的过程中，难免出现不少漏误，隋朝以来实施科举取士制度，儒家经典是科举考试的重要内容，经典刻印版本的繁杂和内容的漏误容易造成读书人对经典理解的分歧，由朝廷出面刻印一套文字统一、印制完善的儒家经典势在必行，田敏就参与到了这项大事中。后唐长兴三年（932），田敏任国子监司业，与马镐等儒学经师被朝廷安排负责校订《周易》《尚书》《诗经》《周礼》《仪礼》《礼记》《春秋左传》《春秋公羊传》《春秋·梁传》这九部经典。朝廷非常重视这次经典的校订，集中了《九经》的各个不同版本，统一安排国子监儒生阅读抄录，指定田敏为详勘官，负责总把关。这次校订更正了这些典籍在被雕刻印制、辗转传抄过程中出现的诸多错讹，统一了全国《九经》的文字。《九经》被校订完成后由能工巧匠进行雕版刻印，广颁天下。校订是一份非常辛苦的工作，需要特别细心地阅读、对比、判断，然后议定正误。这项校订刻印《九经》的工作开始于后唐长兴三年（932），到后周广顺三年（953）完成，前后历时 22 年，可以称得上是一份宏业。人们给田敏校订刻印的经书很高的评价，称其"字画端严，有楷法，更无舛误"。由田敏负责校订雕版刻印的《九经》通行后，读书人有了统一的备考用儒家经典的标准版本，印本易得，也省减了抄写的劳苦，更有益于儒家思想文化的传播。

田敏晚年时向朝廷申请还乡，在第二次申请告老还乡被批允后选择了回家乡邹平颐养天年。他心宽体健，常徒步往来村间里巷，访亲拜友。田敏向来重视教育，在邹平开门讲学，每天都亲自教授子弟们学习经典，对乡里优良学风的形成影响很大，正如后周世宗皇帝对田敏的称赞："为儒学之宗师，乃荐绅之仪表。"

5. 两保上海

抗倭名将董邦政

明朝抗倭名将董邦政是阳信人，他出生在一个显宦家庭，父亲董琦曾经做过河南布政司参议，官居四品。董邦政小的时候就有高远的志向，有一次他和小朋友们玩耍时，做了一个官员审案的游戏，他扮演官员，带着小伙伴们回家抬出了父亲乘坐的官轿，把父亲出门时用的仪仗黄盖也找了出来。他父亲正要出门，找不到轿子，才发现是董邦政把轿子抬了出去做游戏了，于是指责他："你一个小孩子怎么这么大胆，竟敢随便动官员的轿子和仪仗？"董邦政并没有被父亲吓住，他对父亲说："不就是官员的轿子和仪仗嘛，我长大后就能做大官，就会有自己的轿子和仪仗。"听了这番话，他的父亲感觉这个孩子将来一定会有一番作为，所以很用心地加以培养。

董邦政天资英敏，聪慧好学，为文不同凡响。他在县学考试时一向是位列前茅，但在科举考场上却非常不顺，直到年近五十岁时才被推荐赶赴乡试，拔为贡生，后来被任命为应天府六合县知县。

当时六合县境内匪寇为乱，严重危害百姓的生产和生活，整治匪寇成了董邦政要考虑的一项要务。在具体实施剿匪行动时，根据匪寇的不同情况，他采取了抚剿并用的策略，对那些并非真心为寇只是为生活所迫不得已而为之的，则招抚为主，对那些十恶不赦之徒，则坚决打击剿灭。面对嚣张凶恶的匪寇，董邦政亲自上阵剿杀，镇定自若，毫不畏惧，取得了剿匪的决定性胜利。

董邦政因为政有效，剿匪有功，不久就升任为苏松海防道佥事，驻上海。这时的上海海防失严，倭寇猖狂，百姓不堪倭寇的扰乱，很少有安宁的日子，所以董邦政又担起了剿寇的重任。在倭首萧显率领数千名寇贼进犯上海县时，董邦政亲自登城临战，指挥军民防守城池，率兵用鸟嘴火铳抵住了寇贼的入侵。董邦政与城中军民共同苦战 18 天，奋力击退了倭寇的多次进犯，坚守上海，取得了保卫战的胜利。几个月后的又一次守城抗倭战争异常激烈，围攻上海县的倭寇多达四万多人。董邦政在抗倭期间，不解甲不摘盔，怒马出阵，风雨无阻，全力抗击倭寇。他带领上海军民与倭寇交战 70 余次，打得倭寇伤亡惨重，溃逃四散，张皇败北，董邦政又一次取得了保卫上海县的胜利。上海县百姓对董邦政的英勇抗倭感恩戴德，专门立了"金宪董公保障上海县碑"来特别纪念董邦政。后来董邦政在阳家桥战斗中歼灭了一股从浙江沿海登陆烧杀劫掠无恶不作的倭寇。

奸相严嵩的干儿子赵文华觊觎董邦政以及俞大猷和曹邦辅等抗倭将领的功绩，想把这些功劳记在自己身上，结果未能得逞。他便恼羞成怒，诬告董邦政、俞大猷和曹邦辅三人避难就易，董邦政因此入狱。董邦政被诬陷之事激怒了一些朝野正直之士，他们纷纷上书为董邦政打抱不平，于是董邦政被处以戴罪立功。戴罪在身的董邦政剿杀倭寇之志依然不减，继续与倭寇作战，最后被免除了莫须有的罪名，并恢复了官职。

董邦政后来升任山西按察司佥事分巡冀北道，官至四品。不料两年后他又遭奸臣排挤陷害而被降职，这一次他选择了归隐故里阳信，长居私人园林长春园。

6. 明察贪腐案

袁青天出京查大案

邹平焦桥出了一位袁青天，这就是清朝乾隆年间的袁守侗。在清末民初流传着一首民谣："中原康百万，江南沈万三，山东袁紫兰。"说的是当时闻名遐迩的三大富户，其中的"山东袁紫兰"就是袁守侗的爷爷袁景芳（号紫兰），袁家的富足可从这首民谣看出来。袁守侗出身富裕之家、官宦之门，祖、父、弟、子辈都做官。袁守侗自幼就聪慧出众，长大后更是气宇不凡，娶了清初著名诗人王士禛的孙女为妻，乾隆九年（1744）

考中举人，历任内阁中书、浙江盐驿道、广西按察使、直隶总督等职。

在任浙江盐驿道时，袁守侗很清楚负责管理盐政和驿站的盐驿道向来是一个肥缺，坚守不住原则会很容易滋生贪腐，袁守侗在任期间，大力整顿旧规、清除陋习，使各项工作大有改观。后

邹平市焦桥镇东平村袁守侗神道碑

来袁守侗任广西按察使一职，负责全省的司法、监察、驿传等事务。袁守侗的祖父和伯父都曾经担任过柳州知府，并且为官声望很好，像袁家这样一家三代连续做一个地方的长官是非常罕见的，袁守侗也引以为傲，他撰写了一副对联以自勉："三世莅岩疆，看闾阎食德饮和，半是当年赤子；一麾来禁闼，偕寮采明刑弼教，全凭此日丹心。"袁守侗在任上根据所察考的民情政况，分析利弊，考究对策，然后奏疏进谏。他的疏谏有实情分析、有应对策略，有针对性、有可行性，所以多被朝廷采纳实施。袁守侗凭借一片赤子丹心，倾力为政，倾心为民，被百姓呼为袁青天。

因为袁守侗为官公正，勤勉政务，办事干练，所以乾隆帝十分信任他，称赞他"端重笃实，才守兼优，扬历中外"，多次派他出京赴任地方查办重大贪腐案件。他辗转数省，不远万里，不辞辛苦，秉执律例，依法查处了很多大案要案。如乾隆三十七年（1772），云南省宜良县知县朱一深举报云南布政使

钱度，乾隆帝安排时任刑部左侍郎的袁守侗前去查处钱度贪赃枉法一案。袁守侗协同贵州、江西等地方官员，对钱度进行了细致的明察暗访，他发现钱度任云南布政使时，表面上勤谨为政，实际上是一个十分贪婪的大蠹虫，他借着管理铜矿开采、冶炼和铸造钱币的便利，大肆敛财。他敛财的一个途径是指使下属用极低的价格购入官铜，然后再做为私铜高价卖出，从中大量赚取差价。由于钱度私吞的官铜数量巨大，一度造成了都城钱局用铜不足。钱度不仅通过倒卖官铜聚财，还到处搜罗金玉、器玩，强制下属高价购买。钱度在感觉到风声不好时，赶忙派家人分头把贪敛的大量钱银和金玉器物转移到江苏老家，还写信嘱咐家人造复壁用以藏匿银两。袁守侗与贵州、江西等地巡抚先后截获了钱度家仆运往老家的财物和写给儿子的密信，并在钱度家查获了大量窖藏和寄顿的金银。至此，钱度贪赃勒索案完全告破，钱度论罪当斩，在承德就刑。

此外，袁守侗还负责查处了云贵总督彰宝侵吞边防官兵粮饷案、贵州镇远知府苏墧贪污案、四川松冈站员冀谷勋侵蚀军米案以及四川富德滥用犒军银案等。他查案时，明察细究，不徇私情，不枉法纪，实在是不负袁青天之名。

袁守侗还十分重视修建水利工程，在直隶总督任上时，及时疏浚河道，修堤筑坝，使一方百姓免遭水患之苦。纪晓岚在《袁清悫公诗集序》中称赞袁守侗："以经济立功名，以操守励风节，载在国史，光耀汗青。"现在邹平焦桥东平村东北还存留着清乾隆年间所立的袁守侗神道碑，上面记载了袁青天的生平事迹。

7. 在铜缸中烤死的亲王

朱高煦叛乱

曾经被徙封乐安州（今惠民）的明朝汉王朱高煦由于自作孽，被赐予了一种特别的死亡方式丢了性命，因而被后世讽刺为在铜缸中烤死的亲王。

这位亲王是明成祖朱棣的次子，明仁宗朱高炽的弟弟，母亲是徐皇后。朱高煦勇武有力，擅长骑射，生性狡黠凶狠、固执跋扈、桀骜不驯。他的舅舅徐辉祖曾就他的勇悍无赖、品行不端委婉劝诫过他，可惜没见成效，朱高煦依然肆意妄为，他的放任不羁还招致了朝臣对时任燕王的朱棣的不满和指责。

朱高煦最初被封为高阳郡王，在建文元年（1399）燕王朱棣发动靖难之变时，他跟随父亲出战，立下了不少战功，在朱棣兵败东昌、失利浦子口等多次遇险时，都是朱高煦率兵赶到，奋勇作战为其解围，方才转危为安，转败为胜，朱高煦也因此恃功而骄、居功自傲，朱棣的一句"吾病矣，汝努力，世子多疾"更令他萌生了夺嫡的野心，并数次阴谋离间燕王与世子朱高炽之间的关系。朱棣即位后，封朱高煦为汉王，藩地在云南。朱高煦不愿意远赴云南藩地就任，一直留居应天府（京师南京）。后来朱高煦被改封到青州，他仍然不愿前往就任。朱高煦两次不去封地，引起了明成祖的疑心，对他觊觎太子之心夺嫡之意已有所察觉，下诏令催他速速到藩地任职。朱高煦不仅不遵令而行，谋逆之举反而变本加厉，他私自挑选卫士，招募精兵，僭用御用车马器物。

明成祖对朱高煦的跋扈僭越十分不满，对他严加痛斥，在太子朱高炽的帮助下朱高煦才避免了被废为庶人的处置。永乐十五年（1417），明成祖将朱高煦徙封到乐安州，命令他立即启程。朱高煦非常不情愿地去往封地，心里更增加了怨恨之情。太子朱高炽念及手足之情，多次写信劝诫朱高煦消除妄念，可惜也没有见效。接下来仁宗（朱高炽）、宣宗（朱瞻基）两任皇帝的厚俸优待都没有改变朱高煦的骄横狂妄。他在宣德元年（1426）八月起兵造反，宣宗御驾亲征到乐安讨伐朱高煦叛乱，朱高煦投降，他的余党全部就擒，宣宗改乐安州为武定州，班师回朝后把朱高煦父子废为庶人，关押在西安门内。有一天宣宗去探望朱高煦，不料被朱高煦故意伸脚绊倒。宣宗吃了一惊，对朱高煦的肆意狂妄怒不可遏，命人取了一口重三百斤的铜缸扣住朱高煦。朱高煦勇武壮猛，气力过人，竟然将这口三百斤重的铜缸顶了起来。见此情景，宣宗又命人用木炭围住铜缸，并点燃这一圈木炭，把朱高煦烤死在了铜缸里。"铜缸燃炭，身首成灰"。

8. 康熙买书

马骕《绎史》的故事

在王士禛的笔记《分甘余话》中记了这么一件事：康熙四十四年（1705），康熙皇帝南巡到了苏州，有一天忽然问伴驾的大学士张玉书："我想看一下已故的灵璧（今安徽灵璧）知县马骕所著的《绎史》这部书，你可知道哪里能找到？"张玉书回答道："回禀皇上，这部书微臣也只是听说过，但是一时半会儿还寻不出来。"于是康熙皇帝下令由张玉书负责去找寻这部书的原版。马骕所著的《绎史》究竟是怎样的一部书，竟然能引起康熙皇帝的如此关注？

马骕是清代史学家，邹平人，在顺治年间考中进士，曾任淮安（今江苏淮安）推官、灵璧知县，为官廉洁，兴利除弊，政治声望很好，被百姓所认可，去世后入祀名宦祠。马骕不仅是一位良吏，也是一位优秀的史学家，他聪敏博学，遍读诸子百家的著作，并且博闻强识，尤其钟爱史学，他的史学研究以探究夏商周三代见长，人们称他"马三代"。他的史学成就为人所推许佩服，他的史学著作有《左传事纬》和《绎史》传世，《十三代瑰书》只留下了目次。

被康熙皇帝所关注的《绎史》是马骕耗费十年时间编纂的一部巨著，这部书共 160 卷，180 万字左右，记载了从传说中的三皇五帝太古时代到秦朝末年的史事，详细记载了时代的治乱兴替、诸子的思想学说以及国家的典章制度、历史的发展规律等等，从非常宏阔的层面上较为全面地审视了秦以前的历史。《清史稿》对《绎史》的评价是内容丰富，考订精详。《绎史》的一个独特之处是体例上的创新，马骕融汇了编年体、纪传体、学案体等多种编纂方式，开创了集纪事、纪人、图表、书表于一体的综合史书体例，真可谓卓然特创，自为一家之体。在马骕去世三十多年后，这本书引起了康熙皇帝的兴趣，他命大学士张玉书去访求这部书，专门派人带着白银二百两到马骕的家乡邹平购买《绎史》的雕版收入皇宫内府，这样一来民间就很少见到了，直到清朝末年才又得以刊行。马骕的史学成就得到了皇帝的青睐，其影响确实是非常高远。梁启超在《近三百年学术史》中首先夸赞《绎史》一书"盖毕生精力所萃，搜罗资料最宏博"。马骕的《左传事纬》和《绎史》两部存世之作在史学史上享有盛誉，代表了马骕在史学研究方面的卓越才华和非凡功底。

9. 李阁老设伏仙霞关

李之芳平定耿精忠叛乱关键一战

在明清之际，山东武定州（今惠民）出了一位阁老，这位阁老就是李之芳（1622—1694）。李之芳是明朝的举人，清朝的进士。

康熙十三年（1674）春，靖南王耿精忠在福建发动叛乱，他派遣曾养性、白显忠、马九玉等将领进军浙江，震惊了浙江全省。此时李之芳正以兵部侍郎兼都察院右副都御史的身份在杭州总督浙江等处军务，他急忙调遣手下将领据守各地，抵挡耿精忠精要部队。设伏仙霞关是李之芳平定耿精忠叛乱的关键一战。

李之芳与康熙皇帝派来的都统赖塔的军队会合，带领一千八百名旗兵、两千名绿旗兵，再加上从自己家乡招募的五百名乡勇进驻衢州防守。众人都劝说李之芳不要轻易放弃浙江省会杭州这一处战略要地，李之芳不这样认为，他说："衢州位处上游，如果保不住衢州，那就一定保不住浙江。所以我们一定要义无反顾地扼守衢州。"这时三路叛军大举进犯，有数万名敌军四面围困衢州，双方在坑西交战。李之芳虽然不熟悉骑射，但仍然坚持亲临第一线，手执大刀，上阵参战，亲冒矢石，率军奋勇向前。李之芳部下劝他小心谨慎，还是性命重要，完全可以在后方指挥，李之芳回答说："我如果先贪生怕死，不能身先士卒去冲锋陷阵，那么手下官兵就没有不惜命的了，如此一来谁还会英勇击敌。"李之芳率军接连收复了义乌、淳安、东阳、嵊县等地，逐渐稳定了浙江形势。

到康熙十五年（1676）初，浙江的叛军还据守在衢州、温州、处州等地，兵力仍然不少。因此，朝廷应李之芳请求，派康亲王杰书率兵入浙增援。康亲王率军到达衢州后，李之芳向他分析当时的情况，建议连夜进兵攻取叛军马九玉转运粮草咽喉之地大溪滩，康亲王担心道："叛军声势还是很强大，我们有胜算吗？"李之芳很有把握地回答道："我们必胜无疑！"直到军队出发后，康亲王还在担心李之芳的建议是否会有闪失，李之芳担心杰书的犹疑会影响士气，于是赶去当面给杰书吃一颗定心丸，说道："我对叛军的情况非常清楚。明天的这个时候，王爷就等捷报吧。"第二天，果然如李之芳所说的，大溪滩被成功拿下，康亲王听到捷报不由得称赞："李之芳真是料事如神。"

叛军在浙江大伤元气，计划逃回福建。李之芳料定叛军从浙江入福建必会经过一处要冲，即仙霞关，这处关隘号称"两浙之锁钥，入闽之咽喉"，东西连高山，南北通狭路，雄伟险峻。李之芳提前在关口设下伏兵，以待叛军。由于李之芳的精准预判和周密部署，叛军行至仙霞关时，遭到了伏兵的重创，叛军副将金应虎、千总金起彪等纷纷投降。接下来康亲王奉旨率军向福建进发，临行前李之芳进言道："王爷此行，只要约束好将士不要抢夺掳掠，无需动刀动枪即可长驱直入。"此时叛军已经大势已去，不久耿精忠就投降了。

李之芳平定耿精忠等反贼的叛乱长达三年，前后经历了大大小小的战斗 140 余次，在平定耿精忠之乱的过程中，李之芳调度有方，不断取得胜利，消息传到康熙皇帝那里，康熙皇帝对李之芳非常满意。李之芳是以文职立军功，没有把平定反贼的功劳记在自己身上，把功劳记给了各方镇将领，康熙皇帝为李之芳加兵部尚书衔以嘉奖他平叛之功。

李之芳为政有方，重视民生，深入民间，详查百姓疾苦，上书请求减轻农民负担，革除那些不按规定随意向百姓摊派钱粮的苛捐陋规，做了很多有益于百姓的好事，得到了民众的爱戴。李之芳去世后，谥号文襄，入祀贤良祠。

10. 刻诗传人

李衍孙辑刻武定诗

清代出现了很多辑刻自己家乡诗集的热心者，其中滨州惠民的李衍孙就是其中的一位。清代被认为是我国地方类诗歌总集编纂的鼎盛时期，大规模辑录某一地区诗人、诗作并编纂成集在那时已经很普遍。这种现象的出现，一是因为清代人的诗歌创作数量庞大，二是清代人保存文献的意识比较强，自觉地

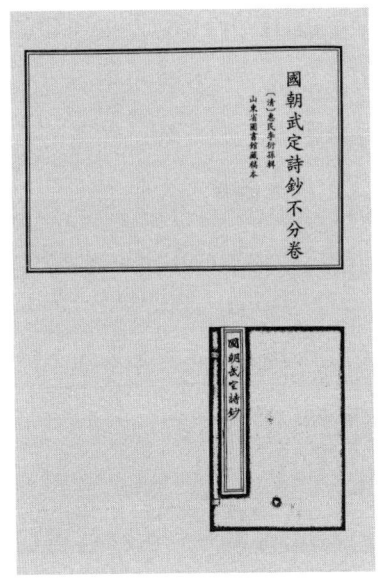
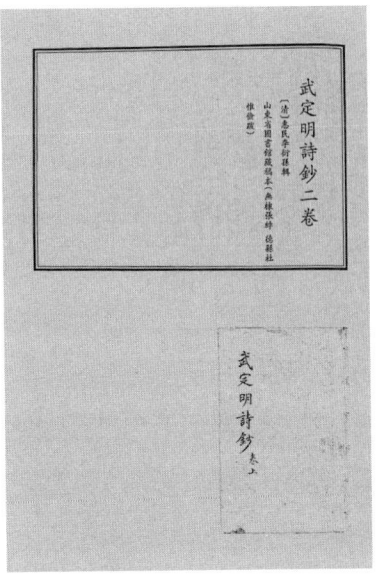

《武定明诗钞》和《国朝武定诗钞》书影（李兆禄摄）

去搜集整理家乡人的诗歌作品，以帮助乡贤及其诗作流传后世。

李衍孙是李阁老李之芳的从曾孙，乾隆乙酉年（1765）中举人，曾经任过沔县知县。作为对当时兴起的编纂地方类文献之风的积极响应，李衍孙基于保存家乡武定文献、借诗以传人的考虑，在搜集整理武定诗歌这件事情上不辞辛苦，尽力而为，辑录了《武定明诗钞》和《国朝武定诗钞》两部诗钞。

无棣张绂在《武定明诗钞跋》中记录了自己偶然得到《武定明诗钞》的经历。当年他感慨当地风流人士、故家文物自从道光、咸丰以来大都凋零消失，流传下来的很少，真是当地文化的一大损失，让他没料到的是竟然还能有意外之喜，这份意外之喜要从某年的暮春时节说起。当时张绂正在一处优美的水泽岸边闲步，走到一个小亭子旁边时，遇到一位老婆婆拿着一本书册在叫卖。张绂没想到竟能遇到这样的雅事，他很想知道老婆婆售卖的是什么书，于是赶忙走上前去，从老婆婆手里拿过书册，他翻阅浏览一番后，发现书册原来是李衍孙和他的好友莪浦先生共同商定选录的明朝武定诗人的作品，他们不忍心当地那些有才情有节操的诗人埋头著述，虽然卓然不群，却往往因为生于穷巷而寂寂无名，不能扬名四海，李衍孙愿意为他们显微阐幽，传名千古。诗钞中选录的诗人以及他们的诗作都很严谨，内容也很丰富，书册保存得很好，像新的一样。这一发现使得张绂非常欣慰，他大喜道："有了这本诗钞，我们郡230年的很多资料文献就能够保存下来，不至于随着历史的逝去而消失殆尽了，这真是值得庆幸的一件事情啊！"

李衍孙辑录的《武定明诗钞》收录诗人39人，诗歌256题309首；《国朝武定诗钞》收录诗人140人，诗歌656题739首。从这两部诗钞可以看出，明清两代武定诗人不在少数，可称得上大观。李衍孙辑录的《武定明诗钞》和《国朝武定诗钞》两部诗钞不仅保存了大量武定诗人的优秀诗歌，让读者看到了他们对海丰古城、秦台、卧佛台、楞严寺等名胜古迹的细致描绘，感受到了他们的思乡念亲之情和忧国忧民之怀，还保存了一些诗人的传记，这些传记中记录了诗人们的日常生活和精神风貌，为后世了解和研究这一地域的文学、地理、家族等方面提供了珍贵的第一手资料，因此，这两部诗钞具有了文学和史料学的双重价值。

11. 八里外下轿拜师

游百川治理黄河

游百川是滨城人，父亲去世得早，家境很贫穷，母亲靠给别人帮佣来维持生计。年幼的游百川聪慧好学，学堂老师杜源先生免费接收他入学堂读书，并给他提供食宿。游百川非常感激杜源先生的恩惠，发奋自强，同治元年（1862）考中进士，官至二品总督仓场侍郎。游百川为官清正廉洁，以直言敢谏为人所称

游百川画像（孙飏画）

道，被誉为一代良吏。这位良吏在治理黄河方面做出了很大贡献。

过去黄河经常决口，溃堤的河水常常冲毁百姓的房屋田地，给百姓的生产生活造成了极大的破坏，所以治河在历朝历代都是一项非常艰巨而重要的工程。游百川受朝廷之命出京勘察黄河治理工程。同治九年（1870）的正月初二，正值大雪天，他不畏严冬大寒，启程前往治河。当行至大尚村时，游百川让轿

夫停下来，他走出轿子。当地官员以为他要回离此处还有二十里远的家乡中游村，劝他上轿继续前行，游百川说："我不是要回中游村，想当年大禹治水三过家门而不入，我现在身负朝廷重任，不能先回中游村。从这里再向东南走几里就是我恩师的村子山柳杜村，我要先去拜望恩师。"游百川一路步行向山柳杜村方向出发，只见这位二品大员、钦差大臣走到山柳杜村头纳头下拜，一直拜到老师杜源先生家中。杜源先生看到游百川后欣喜不已，看到他衣服上一路跪拜留下的痕迹又心疼不已。见到老师气色很好，游百川又高兴又激动，向老师表达了感激之情，也向老师说明了这次出京是为了勘察黄河治理工程，杜源先生语重心长地对这位高徒说："治理黄河是非常重要的事情，皇帝把这份重任交给你，是对你的信任，是对你的能力的肯定，你一定要把黄河治理好，这是造福百姓的大事。"游百川连忙说："恩师请放心，我一定会谨记恩师的嘱托。"这便是被人们所传颂的"游百川八里外下轿拜恩师"的故事。

光绪九年 (1883)，黄河山东段发生了一次决口，水灾影响了几十个州县。游百川奉命与山东巡抚陈士杰一起督办河务与赈济灾民事务。他仔细巡视黄河两岸情况，奏请在临河处筑缕堤用以防范一般洪水，在距河岸较远的地方筑遥堤用以防范特大洪水，通过两道堤坝来防范黄河泛滥。然后又奏请通过疏浚小清河的方式来分黄河水入海。这些合理化的建议都得到了朝廷的允准并得以实施。游百川主持了黄河改道后的第一次大规模修堤，他提出的"疏通河道、分减黄流、亟筑缕堤"治河三策都是基于黄河的实际情况，是科学有效的治河方略。游百川治理黄河的功劳表现在三个方面：首先是推动了黄河治理，其次是奠定了缕堤、遥堤（一号坝、二号坝）的雏形，第三是鼎力赈济遭受水患的灾民。游百川治理黄河成效突出，被称为治河能臣。

游百川在光绪十七年（1891）因仓厫火灾被罢官。他归乡后，先后主持了济南泺源书院和聊城东昌书院，潜心讲经授学，广受学生敬仰。

12. 乡村建设的实验地
梁漱溟在邹平的乡村建设运动

梁漱溟为什么让人在他百年后把他的一部分骨灰葬在邹平？这是因为邹平是他当年乡村建设运动的实验地，他是在邹平实践了他的乡村建设理想。

梁漱溟是现代新儒家的早期代表之一，被称为中国最后一位大儒，著名学者林毓生把梁漱溟与鲁迅先生同列为二十世纪中国最有创造力的思想家。这位著名的思想家喜欢思考人生问题和社会问题，在哲学、教育、国学、社会活动等诸多领域都非常有建树，他称自己"是一个有思想，又且本着他的思想而行动的人"。他大力宣传复兴中国传统文化，认为世界未来的文化就是中国文化复兴。他是著名的爱国民主人士，从中国传统文化中努力探索民族独立、国家富强的路向。

梁漱溟基于对中国是"伦理本位，职业分途"的特殊社会形态的认识，认为儒家的义理需要在生活中尤其是在乡村生活

邹平市梁漱溟墓（李兆禄摄）

中去实践，所以中国社会的改造必须从乡村入手，以教育为手段，通过合作化道路来改造社会。梁漱溟提出了通过乡治来解决中国问题的办法，并积极投入乡村建设的实践中。他曾经在二十世纪二十年代在广东和河南做过乡村建设实验，但都不理想。山东省政府主席韩复榘邀请他来山东继续他的社会实验，并拨给他十万大洋作为开展乡村建设实验的启动经费。经过考察，梁漱溟感觉邹平是一处比较理想的乡村建设实验地：一是邹平交通相对便利，并且离省府济南不是太近，受省府干预少。二是邹平以自耕农为主，社会结构比较简单。于是，1931年初，梁漱溟前往邹平筹办山东乡村建设研究院。同年六月,山东乡村建设研究院正式成立,梁漱溟先后任研究部主任、院长,在邹平开展了长达七年的乡村建设运动。

在最初的两年里,梁漱溟在邹平先后采取了举办乡村教师假期讲习班、农产品展览会、推广和应用农业科技、创办乡农学校、培养和延聘人才等五大措施,使得乡村建设实验逐步打开了局面,为邹平的乡村建设打下了很好的群众、人才和组织基础。1933年7月,山东省政府把邹平和菏泽两个县政改革实验县划归山东乡村建设研究院管理,这使得山东乡村建设研究院当时有第二省政府之称。梁漱溟在邹平实施乡村建设运动期间,积极进行乡村建设的理论研究和宣传,他把乡村建设的主要工作概括为"政、教、养、卫"四个字, "政"是县政改革, "教"是设乡学和村学, "养"是着重发展农村经济,解决民生问题, "卫"是指组织乡村自卫。他先后发表了49篇乡村建设相关文章,出版了专著《乡村建设理论》,并组织召开了第一次全国乡村工作讨论会。

邹平的乡学和村学充分体现了乡村建设的特色。在梁漱溟和山东乡村建设研究院的努力下,邹平共设立乡学14处、村学285处,这使得地方的自治和教育有了根本保障。当年梁漱溟在邹平辉里村进行教育试点时,看到村民积极捐款办学非常感动,挥笔题写了"共成斯举"四个字。邹平乡村建设的显著成效吸引了很多国内外专家、学者以及社会名流来邹平参观考察,冯玉祥、张治中、马寅初、蒋百里、千家驹、熊十力、英国合作社专家石特兰、丹麦教育家马烈克、安迪生、贝尔斯莱夫、美国哈佛大学霍金博士等人都来看过邹平的乡村建设实验情况。在梁漱溟的规划下，乡村建设实验区慢慢推广到了全省的 70 多个县。梁漱溟的乡村建设实验是构思宏大的社会改造实验，他积极倡导和实践乡村建设运动，在海内外都产生了很大影响。梁漱溟这位具有自由之思想、独立之精神的新儒学大家，正如他的长子梁培宽所说的那样，是以出世者悲天悯人的心肠，从事入世的工作，探求中国民族的自救之路，体现了中国真正的知识分子的操守与担当。

二

名胜古迹

滨州地处渤海之滨，黄河之畔，境内有秦始皇登临、魏武帝挥鞭的碣石山，泰山副岳、桓台及邹平等地文人心目中的"圣山"长白山，海、水、山构成了滨州得天独厚的自然景观。

滨州拥有丰富的历史积淀和独特的人文景观，现存不可移动文物 400 余处，已公布的文物保护单位 279 处，其中全国重点文物保护单位 5 处，省级文物保护单位 59 处。这些文物遗存丰富多彩，颇具特色，有着十分重要的历史和艺术价值，是先人留给我们的宝贵文化遗产，为研究黄河三角洲及环渤海西南岸地区的政治、经济、历史、艺术及人文社会发展提供了真实的实物资料，其蕴含的传统文化和地方特色更是滋润着滨州的人文底蕴。

（一）山海之间

1. 河济并流

王景治河对滨州的影响

王景是东汉著名的水利专家，是黄河下游河南、山东等地800年黄河安澜的功臣。王景自幼习学《周易》，后来广览群书，对天文数术之学很有兴趣，聪慧善谋，性格沉稳，擅长的技艺很多，入仕后历任河堤谒者、徐州刺史、庐江太守等职。

在汉明帝永平初年（58），王景因为善于治水被推荐到朝廷，汉明帝派他与王吴一起修建浚仪渠。这次他们采用了王景提出的墕流法，即在低洼的地方修筑水库的方法，解决了水患问题。汉明帝赐给王景《山海经》《河渠书》《禹贡图》等地理、水利类文献以帮助他治水之用。永平十二年（69）王景受命主持大修水运交通重要渠道汴渠和黄河堤防，王景认为要保证航运畅通，需要将黄河和汴渠分流而治。王景仔细勘察河况，测量地形，细致规划堤线，筑成了从荥阳东（今河南郑州北）到千乘海口（今山东利津）长达1000余里的堤坝。王景将黄河水引入汴渠通航，对于引黄取水口，他采取了"十里立一水门，令更相洄注"的方式。在王景采取了裁弯取直、疏浚浅滩、加固险段等措施之后，河、渠"无复溃漏之患"。王景通过筑堤理渠，绝水立门，使河、汴各安其流。到永平十四年（71），治河、治汴工程完成，使近六十年的黄河水患得以平息。汉明帝亲自巡视治水工程，对王景卓著的治河修渠功绩非常满意，将他连升三级。王景的这次治河理渠受益最大的是黄河两岸的百姓，河水不再泛滥，那么两岸百姓就可以再建家园，安定生活。

当时在荥阳以下，还有流经山东的济水汇入黄河，黄河洪水来时，济水可以分流部分洪水和泥沙，能够消减黄河水量和河床淤积量，这种分流、分沙的措施在保障黄河水流长期稳定方面起到了重要作用。王景的这些有效的治河措施给处于黄河下游的滨州段的黄河治理以很大的影响。据史料记载王景筑堤后的黄河历时八百多年没有发生大改道，决溢次数也不多，这被认为是治河史上的奇迹。后世对王景治河给予了很高的评价，有"王景治河，千年无患"之说，又称"其功之伟，神禹后所再见者。"

2. 挑沟入海

薛大鼎开无棣沟

无棣沟是古黄河的一条重要支流，说到这条沟人们往往会想到隋唐时期的薛大鼎。薛大鼎是蒲州汾阴（治今山西万荣县）人，当年他的父亲薛粹在任介州长史时，卷入了隋文帝儿子们的权力争斗中，丢了性命，薛大鼎当时年幼被免于处死，但作为叛官之子，被没为官奴，流落到了辰州（今湖南省沅陵市）一带。后来薛大鼎返回故乡，投归了李渊，在很多地方做过官，颇有政绩，其中最突出的是他在贞观、永徽年间于沧州刺史任上的时候。当时薛大鼎与瀛洲刺史贾敦颐、曹州刺史郑德本都有很好的政绩，深得百姓爱戴。因为沧、瀛、冀三州在河北呈铛（古代有三足的锅）足之状，所以河北一带人们称他们三人为铛脚刺史，是说这三位刺史相当于铛的三支足，起到了很重要的支撑作用。

薛大鼎做的最为人称道的事就是重开无棣沟。薛大鼎看到沧州有大片土地荒芜，经过考察，他认为水利失修是导致土地荒芜的一个很主要的原因。沧州地势低下，每到涝季时，则潦水横流，人们在土地上的收获得不到保障，就不愿意继续耕种了，于是任由土地荒废。当时州界上有一支古黄河的重要支流无棣沟，这条沟西起京杭大运河，向东流入无棣境汇入鬲津河，经无棣碣石山到大沽河口入海。由于黄河数次改道淤积，无棣沟在隋朝时已是水道淤塞，不再有往昔的水宽流急，以致舟船无法通行，洪涝时不能排泄，干旱时不能灌溉，传统的渔盐业受到严重影响。薛大鼎觉得可以利用无棣沟来改善百姓困穷的生活状况，因此他上疏唐太宗奏请重开无棣沟。得到唐太宗的允许后，薛大鼎亲自勘测河道走向，然后率领当地官吏百姓齐心协力投入无棣沟的治理工程，采取"以工代赈"的措施招抚流民加入施工行列。

无棣沟重开后，百姓的生活出现了新局面：一方面，涝季能避免农田积水，旱季能引水灌溉农田，百姓的农业生产有了保障。另一方面，通过无棣沟便利的水上交通把大海的鱼盐引入沧州，百姓的收入有了提高。沧州人们的生产得以恢复，经济得以发展，商贾流行，民受其利，百姓作了一首歌谣四处传唱薛大鼎的卓越政绩：

> 新河得通舟楫利，直达沧海鱼盐至。昔日徒行今骋驷，美哉薛公德滂被。

薛大鼎开通无棣沟，重新启动了这条千年古河的生机与活力，无棣沟后来成为唐以后北方重要的通海行商之路，唐代诗人刘长卿在《晚泊无棣沟》中描绘了无棣沟的重要位置和繁荣交通："无棣何年邑，长城接楚关。河通星宿海，云近马谷山。僧寺白云外，人家绿渚间。晚来潮正满，处处落帆还。"

无棣沟成功开通后，薛大鼎又考虑到州界的地势比较低下，于是一鼓作气又趁势疏浚了长芦水、漳水和衡水三条河道，能够有效地分泄夏季的洪涝，这样一来境内百姓不再遭受水患之灾。基于薛大鼎治水功绩卓著，明朝时当地百姓把他供奉于无棣城内的名宦祠中。

3. 开了白龙湾，鲁北剩有限

白龙湾的传说

黄河在1855年改道以来多次溃坝，鲁北地区深受水患之害，有"开了白龙湾，鲁北剩有限。先冲武定府，后淹阳信县""开了白龙湾，淹了十八县"等民谣。歌谣里的白龙湾是哪里呢？

白龙湾是惠民县清河镇的一个深潭，位于黄河清河镇段南北走向的河道拐弯的地方，这里流传着一个关于白龙湾的动人传说。

相传离现在白龙湾二里处有一个村子叫吕家庄，村里有一位花甲老人吕老弯以种菜为生。有一天河对岸来了一位年轻人，他说愿意为吕老弯帮工，吕老弯正希望能有个帮手，于是就留下了他。这个年轻人勤快聪明，种菜的事情样样会，这让吕老弯很高兴。过了一段日子，令吕老弯纳闷的是平日里没怎么看到年轻人干活，但是地里的活齐齐整整一点儿没落下。于是他偷偷观察年轻人的行动，发现他在井台边一个摇身变成了一条小白龙，小白龙的身体没入井中，龙头把井水洒向菜地里。吕

惠民县清河镇白龙湾

老弯看到这个场景十分惊讶，等到小白龙浇完菜地变回年轻人后，他就上前去问到底是什么情况。经过询问吕老弯得知，这个年轻人是已经在黄河湾里住了将近三年的小白龙，因为有一次行云布雨时出了差错而被玉皇大帝贬到这里来守堤，见吕老弯孤苦，所以来帮助他。

小白龙告诉吕老弯黄河将会在三天后发大水，附近有一条凶恶的大黑龙想趁机在这里决堤入海。为避免河水决堤，小白龙准备阻止大黑龙的恶行，他请吕老弯到时候来助自己一臂之力。他叮嘱吕老弯准备好一堆白面馍馍和一堆砖头，看到河水翻滚时便念："河水滚滚开了锅，黑龙要抢白龙窝。黑龙上来使砖打，白龙上来吃馍馍。"三天后，吕老弯带着白馍馍和砖头来到堤岸上，不久河水开始翻腾起来，只见有一条白龙和一条黑龙交替浮现在水面，吕老弯开始念小白龙嘱咐他的话，并且当白龙浮上来时往水里扔白馍馍，当黑龙浮上来时往水里扔砖头。不料吕老弯念着念着，竟然错念成了"白龙上来使砖打，黑龙上来吃馍馍"。这一错可了不得，只听得一声怪叫后大堤决口了，汹涌的河水冲向吕家庄方向，眼看吕家庄要被大水淹没，此时小白龙在庄前横身一挡，河水转向北冲出一条深沟，小白龙由这个方向无法游进大海，于是准备返回重入黄河。他游到决堤处，看到人们无论如何都堵不住决口，他毅然决然跳进决口，让人们向他身上压土，人们含泪把土压到了小白龙身上。决口堵住了，可是小白龙却离开了人们。为了感恩小白龙以身堵决口拯救沿岸百姓，人们把此处的水湾称为白龙湾，在附近修建了白龙庙，并立了石碑，在每年的十月初一举行香火会来纪念小白龙。

现在经过治理后的白龙湾为改善当地的生产环境和生态环境起到了很大作用，已经被列为国家水利风景区，我们能听到小白龙的传人还在传唱着："小小白龙神通大，黄河不再闹水灾。高高的闸门徐徐开，幸福的生活流进来。"

4. 盐之河

大小清河的盐运

古代无棣、沾化沿海出产的盐是通过什么渠道运出去的呢？这就要说一说大清河和小清河了。大小清河是山东的两条非常重要的盐运河道，当年大小盐船往来穿梭在大小清河上，把山东沿海所出产的食盐运往内陆许多地方，在古代盐运方面起到了非常重要的作用，为政府财政提供了很大支持。

大清河又叫北沙河，是山东省黄河流域东平湖支流大汶河下游段，全长 29 千米，1855 年黄河夺大清河入海，大汶河由鱼山注入黄河，成为黄河的支流。古代的运盐船只经常来往于大清河河道，所以大清河又俗称盐河。

大清河当年的水运东起于东平戴村坝，西至马口入东平湖，比现在的长度稍微长一点。戴村坝至武家漫段在汛期时可通船只，武家漫至东平湖常年可通航。北桥以下分南、北两条航线：北行航线由北桥西北行，经东平湖出清河门，至姜家沟入黄河；南行航线由北桥入新坡河，至安山入运河，下济宁，1958 年运河改道后断航。大清河航道工程自 2021 年 4 月开工建设，通航后，千吨级船舶可从彭集作业区沿大清河西下进入东平湖，与湖区航道衔接，一路向南实现"通江达海"，成为名副其实的黄金水道。

新中国成立前，大清河由于源短流急，含沙量大，再加上堤防失修，经常决口，影响了两岸人们的生产和生活。新中国成立后，国家很重视大清河的治理，培修加固堤防，加宽河道过水断面，经过治理后的大清河不仅不再给岸边人们的造成洪涝灾害，而且又开始造福于民。大清河水域建成了很多游乐园项目，供人们度假休闲，享受诸多水上娱乐项目。

小清河曾经是大清河的分洪古道，又叫南沙河，处于山东中部，是一条具有防洪排涝、水陆联运、海河联运、农田灌溉、水产养殖等多种功能的黄金水道，源于济南市泉群，全长233千米，北与黄河并驾齐驱东流入海。在滨州境内流经邹平、博兴两地，有长达75.5千米的河道。

小清河是南宋初年由济南太守刘豫开凿的，距今已有近九百年的历史，形成了除大清河河运以外的又一处由济南东行通海的河运线。山东渤海湾自古盐业发达，小清河入海口寿光羊角沟在汉代盐铁官营时就设有盐官，羊口盐场的规模比较大，刘豫开凿小清河最初的目的是方便济南地区的船只东行直接进入盛产海盐的地区运输海盐。因为这条河在大清河以南与大清河并行，所以取名小清河。因为在盐运上的重要作用，在很长一段时间里，小清河也被叫作小盐河。小清河盐运的最盛期是清末和民国时期，小清河航运的繁华时期是在清代，当时小清河沿岸大大小小的码头林立，黄台、五柳闸等都是当时著名的码头。其中黄台码头是济南通往渤海的唯一进出港口，是济南海盐的进出枢纽。寿光盐运到济南后，在黄台港设的盐垣囤积，再由车运至泺口港盐垣，然后入黄河分运至山东 53 个州县，以及河南省归德府属八县和江苏、安徽一些地区。从滨州域内的富国、王家冈等盐场装运的食盐，主要沿小清河运至历城，再由历城转运各地。小清河的内河航运在 1997 年停运，于 2011 年 10 月又得以试水复航。2023 年 7 月 1 日，山东海运股份有限公司"鲁清001"号船，从博兴港出发，驶往羊口港，正式开始小清河全线首次空载试航，从这时起，小清河全线恢复通航。随着小清河的复航，人们又唱起了那首民谣："小清河，长又长，山东是个好地方。青山绿水好风光，出产稻麦和高粱。"

5. 鹤伴石生

鹤伴山名字的由来

鹤伴山位于邹平市，山势险峻陡峭，沟谷曲折幽深，山中有山、石、瀑、泉、云雾等众多景观，被誉为鲁中生态明珠。鹤伴山于 1992 年 9 月建成为国家级森林公园，是国家 4A 级旅游景区。鹤伴山这个名字很有诗意，关于它的来历还有一个美丽的传说。

当时长山县有一位姓石的书生，他数年寒窗苦读，想通过科举考试改变一下命运，没想到参加了多次考试都没有考中。书生内心郁闷不已，于是出门游赏山景以消解忧愁。山上景色

邹平市鹤伴山（李兆禄摄）

确实清幽，书生内心的苦闷稍微有所纾解。他游到了白云深处，看到一处岩洞旁的石桌边围坐着四位仙风道骨的老者，听到他们正在谈论医道，书生静静地站在旁边，听得津津有味。过了一会儿，四位老者看到了听讲的书生，攀谈后了解了他的情况，向他建议道："你做不了良吏，可以做良医，救治百姓万民的疾苦不也是令人很快乐的事情吗。"这番话使书生豁然开朗，不再为考试落第而烦恼，他拜四位老者为师，开始习学医术。书生遇到的这四位老师可不是一般的人，他们是医术高明的扁鹊、华佗、张仲景和李时珍，这四位名医分别传授给了书生望闻问切之术、麻沸散制作秘方、禅修康体之功和辨识百草之术。转瞬过去了数十年，书生的医术已学成，四位老师临别的时候又赠给了他一匣医书，告诉他书中记载了一千个医病的药方，叮嘱他认真研读，运用所学医术救治百姓。四位名医辞别书生，乘祥云别去了。书生运用所学医术为长白山周围的百姓治病疗疾。他不收取诊费，并指点患者识别和采摘药草煎熬服食，人们都亲切地称他为长白山人。

有一天傍晚，山人听到门外扑通一声，打开门看到是一只受伤的仙鹤跌落在门前，山人抓紧为仙鹤检查伤处，并研药为仙鹤疗治。经过山人的精心呵护，时间不长仙鹤的伤就好了，又能够自由飞翔了。但是仙鹤仍然依恋在山人身边不愿意离去，相伴山人四处行医。有一年夏天瘟疫流行，山人不辞疲劳四处奔波救治百姓，有一天终于因为劳累过度晕倒了。等他醒来时发现身边竟然站着一位美丽的姑娘，姑娘告诉他自己本来是玉皇大帝的小女儿，看到长白山景色优美，便化为一只仙鹤前来游玩，不料不小心被毒蛇咬伤了，有幸得到了山人的医治。姑娘因为钦佩山人的善良而不愿离去，为感谢山人的救治之恩，她愿意与山人结为夫妻。从此夫妻相伴，继续救治长白山周围的人们。

县城里有一个恶霸听说山人娶了一位美丽的妻子，便带领一伙流氓无赖在一个傍晚时分埋伏在山人住处。当夫妻两人行医回来时，他们从隐藏的地方窜出来打死了山人，抓住了山人的妻子要把她带回去。这时山人的妻子又变回了一只仙鹤，腾空飞起，在山人的上方不断盘旋鸣叫，不一会儿山人竟然活了过来，他张开双臂扶住仙鹤的翅膀，同仙鹤一起飘然飞走了。这一幕令那群恶霸惊愕不已，正在他们不知所措的时候，只见天上忽然乌云密布，电闪雷鸣，暴雨碎石不断从天上降下来，这群恶霸被打得死的死伤的伤，最后都被山洪冲走了。

天晴后，人们发现山人随仙鹤飞走的地方冒出来一块大石头，这块石头跟山人非常相似，为了纪念山人，人们把这块石头称为山人石，后来也叫它仙人石。不久，人们发现有一只仙鹤经常绕着山人石飞翔，时时陪伴着山人石，后来栖息在山人石附近的仙鹤越来越多，逐渐遍布山中，出现了鹤伴石生的奇景，人们也就以鹤伴山命名这座山了。鹤伴山的美丽风景伴着鹤伴山的动人传说，更使得鹤伴山魅力无穷。

6. 山下烟雨山上晴

泰山副岳长白山

"山下烟雨山上晴"的奇观就出现在邹平的长白山中，每当夏秋时节，在山中溪水汇聚的地方，水流碰触山石，飞溅起来，仿佛烟雨弥漫。在冬秋时节，冰溜倒悬，逢日高天暖的时候，偶有冰释水滴，接连不断落到山石上，然后飞溅起来，若烟雨一般。如此一来，就出现了"山下烟雨山上晴"的奇观。

长白山是一座齐鲁文化名山，与泰山山脉遥相呼应，有泰山副岳之称。泰山被认为是祭祀天地最理想的地方，据说五岳制度以及五岳的副岳是曾经多次去过泰山封禅的汉武帝正式确立的。

长白山的得名来源于一个道教的神仙传说。相传道教神仙彭祖有两位高徒，他们是白兔子和赤松子，最初他们在武夷山跟随彭祖学道，后来赤松子去了江西庐山修行，白兔子则来到了邹平的山中修道。白兔子学习的是彭祖的导引吐纳之术，在邹平的山中常年精心修炼后得道成仙。因为白兔子平时乘坐一只玉兔出游，人们就称他白兔仙翁或长寿白兔，他修道成仙的这座山，就被称为长寿白兔公山，简称长白山。唐代诗人韩翃的《送齐山人归长白山》中就说到了长白山白兔公："旧事仙人白兔公，掉头归去又乘风。柴门流水依然在，一路寒山万木中。"明末官员张延登在家乡邹平的一次出游时曾遇到过一只白兔，这令他想起了白兔公的传说，随即做了一篇《白兔公记》，并且在黄山修了一座兔柴庙，庙内塑了白兔公的铜像。张延登在邹平遇白兔并修建兔柴庙一事被后世广泛演绎，有很多诗文说到这件事，如董其昌的《兔柴记》、周延儒的《兔柴歌》、

泰山副岳长白山（李兆禄摄）

张实居的《白兔庵》、王士禛的《兔柴诗》、张吟修的《黄山兔柴怀张忠定公》、张玺的《过兔柴僧舍》等等，这些诗文无疑在一定程度上扩大了邹平长白山的知名度，当然这座山在道教名山中本来就占有一席之地，道教文献《云笈七签》把邹平长白山列为道家修行名山之洞天福地第六十一。

长白山是邹平境内南部整个山脉的总称，曾经被称为肃然山、肃慎山、长在山、於陵、白云山等，绵延近 50 千米，总面积 196 平方千米，共有大小山头 317 个。其中，海拔在 500 米以上的 18 座，海拔在 200 米以上的近 200 座，最高峰摩诃峰海拔 826.8 米。相比较吉林的长白山，邹平长白山形成时间比较早，大约形成于 1.4 亿年前，也比吉林长白山得名时间早，最早见于西晋葛洪的《抱朴子》，书中记载："长白，泰山之副岳。"

长白山文化积淀丰厚，除了与神话传说密切相关的宗教文化外，还有浓厚的儒家文化，春秋时期名列"孔门七十二贤"的"於陵大夫"林放，北宋著名的政治家、军事家、文学家范仲淹，现代新儒家的早期代表著名的思想家、哲学家和社会活动家梁漱溟等名家名士，都为长白山的儒家文化做出了很大贡献。

7. 麻大湖的传说

由马踏成的湖

世上湖泊无数，有河流交汇而成的，有人工挖成的，在博兴县城南三四千米与淄博市桓台县交界处，有一个湖泊，相传是由战马踩踏而成的。这个湖泊就是博兴的麻大湖。

春秋前期，齐桓公在名相管仲的辅佐下，大力发展齐国的经济、军事、文化，"九合诸侯，一匡天下"，成为春秋五霸之首。齐桓公为了让各诸侯推他为领袖，把各诸侯邀请到该地。为显示齐国国威、军威，好让各诸侯心悦诚服，齐桓公阵列重兵，大摆战车。各诸侯唯恐落入齐桓公圈套，被擒受到要挟，纷纷率领大军纷拥而至。齐桓公一看就明白了，于是说："诸位不辞劳苦，不远千里，按时来到敝国，寡人感到非常荣幸，也非常高兴。我们在高台饮酒，就由各国战车驰逐，为我们助兴！"各诸侯一听，心想：这既可以饮酒寻欢，又能够展示自己国家的实力。自然纷纷随声附和，大喊"好"！齐桓公和各诸侯高台置酒，各国战车陆续登场，士兵们有心争强逞能，使出驾驶本领，各不相让。战马也精神抖擞。霎时人声欢腾，马鸣萧萧，旌旗猎猎，鼓声震天，万马奔腾，

麻大湖（李兆禄摄）

战车飞驰，你追我赶，尘土飞扬，颇为壮观。突然，一个士兵喊道："哎呀！踏出水来了！"众诸侯一看，不仅没有下令停止的意思，反而兴致更加高涨，命令自己的士兵快上加快。士兵们受到激励，再加以从来没有见过马踏出水景象，越发兴奋，争相奔逐，很快平地被马踏成湖。齐桓公尽兴欢畅，即兴说道："这里原本是一片平地，却被马踩踏出一片汪洋湖泊，就叫'马踏湖'吧！"马踏湖的名字就此诞生。

现在，该湖位于桓台境内的叫马踏湖，位于博兴境内的叫麻大湖。麻大湖地处泰沂山脉北麓山前洪冲积与黄泛冲积平原的迭交洼地。这块洼地接纳孝妇河、乌河、猪龙河、杏花河之水，聚水成湖。麻大湖自古以来不但景色迷人，而且物产丰富，素有北国江南和日出斗金之说。金丝鸭蛋、白莲藕与毛蟹、黄鳝等物产，苇蒲产品和手工编织品，通过小清河运往山东省内外各地，甚至畅销海外。

8. 始皇登临碣石山

鲁北平原唯一的山峰

有这样一座山，海拔仅有 63.4 米，周长才 1600 米，占地大约 20 万平方米，与雄伟壮观的泰山、海上第一名山崂山相比，简直微不足道。但它是山东境内少有的第四纪火山中最为年轻的一座，也是鲁北平原唯一的山体、最高的山峰，同时还是华北平原上仅有的两座山体之一。这座小山就是位于无棣县城北30 千米处的碣石山，又名马谷山。据当地群众说：泰山奶奶（碧

碣石山（李兆禄摄）

霞元君）亲姐妹三人，大姐在泰山，二姐在碣石山，小妹在河北盐山的小山。过去，小山群众每年都要抬着小妹的画像来碣石山祭拜二姐，如果有一年没来，当地就要"挨雹子"，遭受雹灾。海神洞深不可测，当地群众说这个山洞向东直通大海。站在洞口，小腿感到来自洞里的丝丝凉气，向洞里探望，只见云雾缭绕，缥缈迷幻。

这座带有仙气的"大山"，曾吸引大禹、秦始皇、汉武帝、曹操等帝王驻跸登临，名传天下。

据《尚书·禹贡》记载，大禹治水是从九河碣石开始的。过去，碣石山上曾经建有禹王庙、禹王亭等建筑，缅怀大禹治水之功。公元前221年，秦始皇统一全国后，担心有人造反，代替自己成为天子。他遍观天象，隐隐觉得东南有天子气，但又感觉咸阳距离此处太过遥远，无能为力，整日忧心忡忡。有大臣建议秦始皇亲自东游，以天子之尊压制住这股天子之气，压邪禳灾。

公元前215年，经过精心准备，秦始皇率领大队人马浩浩荡荡开始东游。来到鲁北沿海平原地带，滨海之区，一眼望去，延袤数百里，一马平川，景象单调，秦始皇不仅恹恹欲睡。突然，秦始皇眼前一亮，放眼望去，远处有一座小山，弥漫着若有若无的云气，山虽小，却有"拔地通天之势，撑天捧月之姿"。秦始皇立时来了兴致，催促人马，很快来到山下。有大臣告诉秦始皇，这座小山就是当年大禹开始治水的地方，名叫碣石山。始皇下令驻扎山下，稍事休息，率领大臣登山游览，观赏山上美景。看到山上大大小小的山洞，他想到了修炼成仙的仙人，觉得这真是福地洞天；有一处山体开阔，大气磅礴，视野开阔，他想到了老子所说的虚怀若谷；石林里巨石如笋，似人似仙，有蹲有坐，有卧有立，他感到犹如放大的太湖石。

秦始皇观赏高兴之时，心想：这是大禹治水开始的地方，自己观望到的天子之气应该就在此处。于是命人在一块大石上刻下铭文，大意是：自己铲除暴虐，平定天下，男耕女织，百姓安居乐业，群臣歌功颂德，以此垂范后世。这样，秦始皇觉得压制住了几年来一直让自己惶惶不安的天子之气，江山可以从他一世开始，传至二世、三世，直到万世，放下悬了几年的心，高高兴兴地回咸阳去了。

秦皇汉武东临碣石，在无棣一带留下千童城、卭兮城、帝赐街、汉武台等多处古迹。西汉元封元年（前110），汉武帝封禅泰山后，东巡海上，沿着秦始皇的路线，也来到碣石山。曹操东征乌桓经过碣石山，登高壮赋《观沧海》。

9. 贝壳堤岛

山东省最宽广的滨海湿地带

世界上有三大贝壳堤岛，无棣贝壳堤岛是国内独有、世界罕见的贝壳滩脊海岸，是世界上保存最完整、并且新老堤并存的贝壳堤岛。经考古专家鉴定，历史最久的古贝壳堤岛已距今5000多年，2006年被列入国家级自然保护区。

无棣贝壳堤岛自然保护区位于山东省无棣县城北60千米处，渤海西南岸，西至漳卫新河，东至套儿河，北至浅海 -3米等深线。本区地势低平，发育了山东省最宽广的滨海湿地带。在地貌上自南向北可分为第一贝壳堤岛及潮上沼泽湿地带、第二贝壳堤岛以及潮间滩涂和潮下湿地带。贝壳堤岛全长76千米，贝壳总储量达3.6亿吨。这里是东北亚内陆和环西太平洋鸟类迁徙的中转站和越冬、栖息、繁衍地，共有鸟类45种。保护区内发现的野生珍稀动物达459种，是一个典型的天然生物博物馆。保护区内有文蛤、四角蛤、扁玉螺等贝类和鱼、虾、蟹、海豹等海洋生物50余种。

贝壳堤岛是在特定的地质条件和地理环境下形成的独特地质地貌，无棣贝壳堤岛与国内外同等类型的贝壳堤比较，有几个独特之处：一是贝壳质含量高。无棣古贝壳堤岛无论是深埋地下的还是裸露于地表的，贝壳质含量几乎达到100%，很少

贝壳堤岛

有其他杂质。二是新老贝壳堤并存。无棣贝壳堤岛不但有距今5000—2000年的古贝壳堤，而且有新发育形成的新贝壳堤，并有形成第三条贝壳堤岛的趋势，国外与国内其他的贝壳堤都远离海岸，没有形成新贝壳堤的可能。三是典型的贝壳滩涂湿地生态系统。

面对每年仍以10万吨速度生长的贝壳资源，无棣人始终坚持适度开发、合理利用的原则，以贝壳为原料研制开发出世界上第三种新瓷型——海瓷，使贝壳沙堤得到了有效保护，海瓷产品已然成为当地的支柱产业。

关于贝壳堤岛的主岛汪子岛和贝壳堤的形成，有两个美丽的传说。

汪子岛地处偏僻，犹如世外桃源，人称海上仙境。汪子岛又名望子岛，这个名字的得来据说与秦始皇有关。相传，秦始皇派徐福东渡大海仙岛求取长生不老之药，徐福招募了千名童男童女，沿古鬲津河（今漳卫新河）经汪子岛登官船启航。当时的海运条件有限，徐福和童男童女迟迟不见归来，童男童女的亲人便聚在岛上，天天翘首东望，盼望着孩子们早早归来。于是这个岛就此得名望子岛。历经岁月的涤荡，这座小岛成为渔民躲避海潮、寄存货物的渔家海堡。由于该岛四周水天相连，汪洋无边，水洼成片，芦苇连天，周围的百姓就渐渐叫它汪子岛。

神奇的天然贝壳堤的形成也有一段美丽的传说。

很久以前，渤海边上有个叫古埕子口（今无棣埕口）的水旱码头。码头旁边有一家小药铺，掌柜的姓朱，早年妻子过世，仅带着一个六岁的女儿朱小妹相依为命。一天，父女俩救了一只受伤的白狐，白狐为报恩，临死前嘱托父女把自己的尾巴剪下来留着。一天，朱掌柜从狐尾上拔下几根毛，做了一个毛笔头，发现这是一只能实现自己愿望的神笔，画什么，什么就变成真的。于是小心藏起来，不再使用。

后来朱小妹嫁到广武城，神笔就做了嫁妆。婆家嫌朱小妹家境贫寒，把小夫妻撵到一个破旧的院子里。小妹被逼无奈拿出笔画了烛火、炉、锅碗瓢盆和一些米面解决困境，又画了织布机和一架纺车，每天纺线织布，小子日渐渐红火。邻居遇到揭不开锅的时候，小妹也会画一点儿食物给穷邻居送过去。朱小妹有只神笔的消息很快传开了，一伙匪徒把夫妻二人绑走，威胁小妹给他们画金银财宝。小妹画了好酒好肉哄骗匪首，趁匪徒们吃得高兴，拉着丈夫逃跑，却被匪徒追上。为了不让神笔落入土匪手里，小妹顺手抓起一个蛤蜊，把壳掰开一条缝隙，将笔头塞进去，又拔了几棵黄须菜放到上面做记号。

匪徒们没有搜到神笔，威胁说要杀死小妹的丈夫。小妹只好答应带着匪徒们去找神笔。可当小妹找到藏宝的地方时大吃一惊，原来那个蛤蜊早就没了影子，原先光秃秃的土岭子上遍地都是贝壳，而且还不停地从土里往外冒。匪徒们以为是得罪神灵了，吓得一哄而散。

就这样，在广武城北面浩瀚的渤海岸边上出现了一条前不见头后不见尾的贝壳堆积的高高岗子。

（二）物遗存珍

1.5000 年前的蚌饰

原始社会女性的饰物

5000 年前，恶劣的自然环境、低下的生产力水平，阻挡不了滨州先民对美的热爱与追求。邹平西南庄遗址发掘出土的蚌饰就充分体现了滨州先民的审美思想和水平。

西南庄遗址位于今邹平市长山镇西南村，南临乌河旧道。面积约 1.2 万平方米，文化堆积厚 2 至 3 米。下层属北辛文化、大汶口文化遗存。曾两次进行试掘，出土北辛文化的石器有

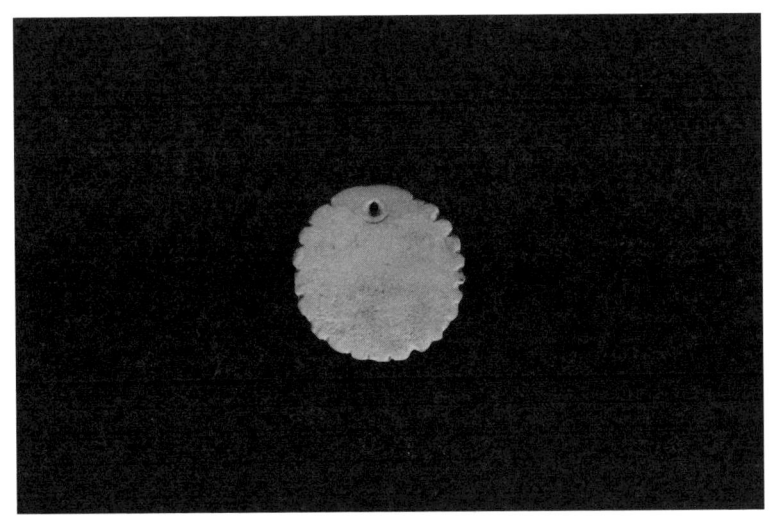

5000 年前的蚌饰（张卡摄）

斧、铲、磨盘、磨棒；骨器有针、锥；陶器多为泥质红陶，也有夹砂红陶，纹饰多见堆纹、锥刺纹、指甲纹，器形有敛口钵、红顶钵、鼎、罐等，年代属北辛文化晚期，是已知鲁北中部地区最早的新石器文化遗址。遗址上部还有商、周和汉代遗存。1992 年，该遗址被山东省人民政府公布为第二批省级文物保护单位。

西南庄遗址是滨州发现较早的人类活动遗存（距今约7000 年），对研究邹平市新石器文化、社会制度及大汶口文化的起源提供了丰富的实物资料。西南庄遗址发掘出土的蚌饰，属于北辛文化时期。其中有一个圆形锯齿纹蚌饰，直径2.1厘米，厚度0.12 厘米，中空直径0.4 厘米，外沿为均衡锯齿纹，为手工制作的工艺饰品，应为女性佩戴，展现了远古先民的审美理想。

2. 丁公遗址发掘记

比甲骨文早 800 多年的丁公陶文

甲骨文是迄今中国发现的年代最早的成熟文字系统，但 1992 年在邹平县（今邹平市）丁公村发现了比甲骨文更早的文字——丁公陶文。

邹平县丁公村村民在田地劳作时，经常挖掘出陶片，但都不以为意。1985 年春，一村民田间取土，发现大量灰土与陶片，这引起了山东大学考古专业的师生们的好奇：这片粮田下是不是深埋着史前遗迹？这些灰土与陶片是不是远古祖先向我们发出的信号？于是，从 1985 年秋到 1991 年秋，他们历经六年，四次挖掘，出土大量龙山文化及岳石文化的遗物和遗迹，震惊了考古界。遗物有精美的蛋壳陶、白陶以及袋足鬲等各类陶器近千件，石、骨、蚌器 1500 余件；遗迹主要有房址、陶窑、窖穴和墓葬。丁公遗址是重要的史前遗址，被列为 1991 年全国十大考古新发现之首，1994 年被政府公布为重点文物保护单位，2001 年被国务院公布为第五批全国重点文物保护单位。丁公遗址对研究中国文明起源，具有重要的学术价值，其中一片刻有文字的陶片更是将我国文字的出现时间提前了 800 多年。

1992 年 1 月 2 日上午，丁公村一村民在为考古队清洗陶片时，发现一块陶片上刻着一些奇怪的符号，似乎是文字。他立刻报告给考古队，专家看到后高度重视，马上对陶片进行认

丁公陶文（张卡摄）

真核对，最后确认这个陶片是龙山时代晚期的文物。

这是一块泥质磨光灰陶大平底盆的底部残片，残片内面计有5列11个字，刻文流畅自然，排列规则，独立成字，已经脱离了符号和图画的阶段，并且书写顺序符合我国古代汉字从右向左书写的习惯。全文很可能是一个短句或辞章。文字中除一部分是象形字外，有的可能是会意字，表现出一定的进步性。经考古研究确认该陶片为龙山时代晚期遗物，龙山时代距今约4350—3950年，跟夏朝初期的时间有交集，此陶文距今约4200年，比小屯商代晚期甲骨文早了800多年。由于这些文字发现于丁公村陶片上，所以称之为丁公陶文。

那么这些字对应今天什么字？又是什么意思呢？日本专家已认出其中的6个字：

荷父以燮犬？于？？？？（问号表示不确定的字）

大概意思是：荷父率领犬官，攻伐某地。后面三字是签名，其中"犬官"是指管理王狩猎之地的武官。

这11个字，在当时引起了考古界的轰动，因为这一发现为研究中国文字和文明起源等重大历史课题提供了极其珍贵的实物资料。

3. 寻找薄姑国

东夷强国

商朝晚期到西周前期，在今天博兴县有一个被后世经常提起却又不知所踪的东夷大国——薄姑。薄姑国是一个神秘却消失了的古国，它在中国历史上扮演了一个重要而特殊的角色，也给后人留下了许多谜团和想象空间。然而，关于它的历史记载十分稀少，它的起源、文化、灭亡和后裔都是人们寻求的历史之谜。

关于薄姑的得名，有人认为薄姑由鸟名转化而来，是东夷鸟崇拜习俗的反映。蒲、薄字形同、双声通用，薄姑即蒲姑，由鸟名鹁鸪转化而来。鹁鸪是鸠鸟类的一种。因此，古薄姑氏以鹁鸪为图腾，属于鸟夷之一。也可能是商朝故都亳的音转。

薄姑氏族是中华民族文明发展史上最为古老的氏族之一，大约从距今5000年前起，薄姑族就在今滨州博兴一带生息、繁衍。薄姑国是商王朝晚期在东方的一个重要统治据点。商纣王即位

薄姑城遗址（张卡摄）

后，数次讨伐东夷，目的之一就是争夺生存资源和生产资料，其中就包括今滨州沿海地区的海盐资源。商朝东征时，作为东夷土著的薄姑与商王朝保持了同盟关系，成为商王朝统治滨州的前哨。

西周建立不久，爆发了三监之乱，薄姑也参与其中。周公东征，三年的时间，消灭了纣子武庚、三监及其盟国薄姑、奄等，共经历了460多年的薄姑国被周朝所控制，逐渐失去了独立性和影响力。薄姑被灭国后还受到毁社、迁君、徙民的最残酷镇压，其遗族四散逃逸。

为巩固统治，西周将功臣姜尚分封到东方。根据《左传》记载的齐国名相晏婴的话，可知薄姑的基本沿革历史：（少昊）爽鸠氏→（虞夏）季氏→（商汤）逢伯陵→（殷末）薄姑氏→

（周初）太公立国之地。可见，薄姑是齐国的发基之地。

虽然薄姑这个东夷大国逐渐湮没无闻，但是从历代典籍中有关薄姑氏族的零散记载和近年来不断发现的实物资料，仍能窥见薄姑氏族创造的发达的文化。近年，分别在博兴县湖滨镇寨卞村、博兴镇贤城村西发现了薄姑遗址——寨卞遗址（传说中商代薄姑国的国都所在）、贤城遗址。从这两处发掘的遗物主要为商周时期，也有龙山以及战国至汉代遗存。从寨卞遗址发掘的红褐色素面陶器是东夷文化的器物，而绳纹灰陶是典型的商文化特征，两种文化因素的交融，是商、夷文化交往的见证。1987 年，在贤城遗址发现长宽各 1000 米的商周城墙基址。

4. 战国石磬

缺少半个音节的石磬

1988 年 10 月，阳信县城关镇（今信城街道办事处）西北村马端华等四位村民到该村西洼地取土。他们来到洼地杨家台子东约 20 米的地方开始挖土装车，四人有说有笑，一人说："原先这里挖出一些陶陶罐罐，今天说不定我们也能挖出宝贝来。"真是说什么来什么，他们陆续挖出一些陶器、铜器、石器等器皿。看到这么多的物品，他们意识到这里很可能是古代的一个墓穴，这些物品很可能是文物，于是立即上报有关部门。当时的惠民地区文物普查队和阳信县文化馆马上派专业人员前来抢救，这才保住一批珍贵文物。

经专家鉴定，这处遗址是战国时期的墓穴器物陪葬坑。

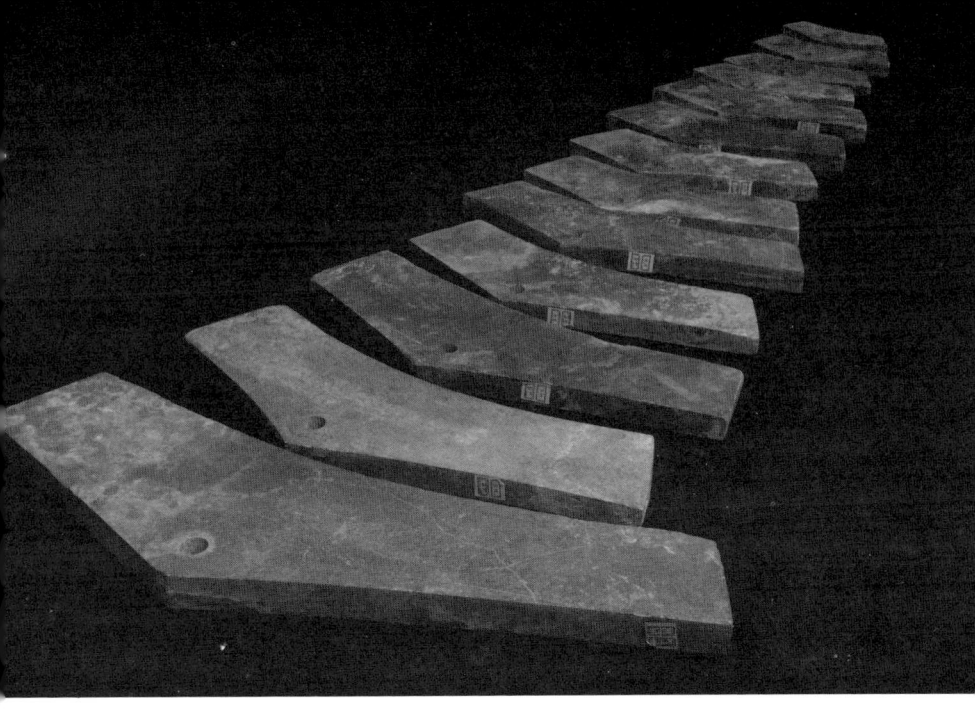

阳信出土的战国石磬（张卡摄）

出土的文物中有一套石磬格外引人注目。这套战国石磬一套共
13面，出土时表面附有朱红色颜料，由青黑色石灰岩磨制而成，
造型别致，棱角分明，大小有序，敲之音纯正，带有半音。

石磬是我国古代特有的打击乐器，体形硕大、石质坚硬，
叩击之下发出石质悦耳声。古人认为，叩击石磬可以上达天神。
石磬越大越薄，振动发声越低沉。相反，石磬振动发声越高。
古人根据这一原理，用大小不一的石磬组成编磬，敲击之下，
形成音乐。编磬约产生于西周时期，多用于宫廷雅乐的演奏。
这套战国石磬的发现，证明当时滨州地区礼乐文明的发达。

这套石磬是先秦时期编磬的上乘之作，被认定为国家一
级文物。2023年2月，国家文物局与中共辽宁省委宣传部共
同主办的和合中国展览在辽宁省博物馆开展，阳信县作为全国

22 个协办单位之一、山东省唯一受邀参展单位，馆藏国家一级文物石磬在展览中呈现，助力和合中国之美。

5. 盔形器的秘密

战国时代煮盐神器

1950 年，沾化县东杨村西北方向约 2.5 千米处，徒骇河加宽加深时，出土了大量外形似头盔的烧制陶器。考古专家称之为盔形器。盔形器器壁厚重，质地坚硬，烧制火候高。从河岸边有几处显露的残窑可以推断，盔形器就是在当地烧制的。后来，无棣县也发现了大量盔形器。

沾化、无棣沿海的先民烧制数量如此之大的盔形器用来干

杨家盐业遗址出土的盔形器（张卡摄）

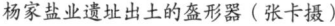

什么呢？

经过多次发掘考证，考古专家们认为这些盔形器是用来煮盐的器皿。当时的制盐方式，主要有两种：第一种是人工制盐。就是从卤水井提取卤水，经沉淀池沉淀、蒸发池蒸发提高卤水浓度后，舀入灶室两侧的蓄水坑。灶室内，一人在火道旁烧火，两侧有人不断从蓄水坑里舀出卤水倒入盔形器，随着温度升高，卤水蒸发，再不断向盔形器内添加卤水，并不断地撇刮漂浮在盔形器内的硝碱、钙类，待盔形器内盐煮满后，打碎盔形器，再取出盐块。另一种则是海滩置皿晒盐的方式，首先要把烧制好的盔形器放置于沿海，舀入海水，利用风吹日晒进行蒸发浓缩，提高卤水的含盐量，日积月累自然结晶成盐。多数专家认为杨家盐业遗址主要使用人工煮盐的方式。晒盐工艺在当时还不成熟，有可能是一种辅助提高卤水盐浓度的方式。

在春秋战国时代，这小小的盐是经济战略物资，是齐国强盛的根本原因之一。据史料记载，齐国实行"官山海"政策，对盐铁实行专卖，以高价卖向食盐输入国，获取巨大财富。

杨家古窑址群属于盐业遗址，大多数窑时代为战国，个别属于西周早期和春秋时期。杨家古窑遗址群规模之大，时间之早，这在我国盐业遗址发掘中十分罕见。整个盐业遗址保存完整，可以依次推演出古代制盐的整个流程，具有极高的考古价值。杨家古窑址群不仅是黄河三角洲地区目前发现较大的、保存较完整和最有价值的商周盐业遗址群，而且是商周时期黄河三角洲地区一处独立的核心制盐区，其生产的食盐除供给齐国之外，主要是供给当时的商周王朝食用，具有很重要的历史文物价值。2013 年，该遗址被国务院公布为第七批全国重点文物保护单位。

6. 茅焦台

茅焦脱衣谏秦王释母

公元前 246 年，13 岁的秦王嬴政即位，他的生母赵姬成为王太后。赵姬年轻貌美，与装扮成宦官进宫的嫪毐终日厮混，还生了两个儿子，并打算等到秦王政死后，立这两个小孩为秦王。公元前 238 年，嬴政亲政，听闻此事后雷霆大怒，车裂嫪毐，诛灭其家族，还杀死自己同母异父的两个弟弟。把赵姬贬入雍城棫阳宫，软禁起来。可是，幽禁母亲，毕竟是件大逆不道之事，许多大臣为此纷纷发表意见，都遭到了嬴政的严厉处罚。秦王下令说："日后有再敢来说太后之事者，先用蒺藜责打，然后处死。"为此，先后有 27 位进谏者惨遭杀戮，其他大臣都吓得噤若寒蝉。

这时，在秦国为客卿的齐国人茅焦感慨地说："儿子囚禁

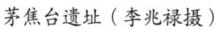
茅焦台遗址（李兆禄摄）

母亲，天地翻覆。哪里有这种道理？我要去劝谏秦王。"和茅焦一起居住的人听了，都认为他愚蠢，此去必死无疑。

茅焦来到秦王廷，大声说道："我是齐国人茅焦，是为太后的事情来劝说大王的。"嬴政派内侍出来说："你没看见宫阙下因此事被杀死者的累累尸体吗？你难道不怕死吗？"茅焦回答："我正是为此事而来。我听说天上有二十八星宿，如今已经有二十七个了，我来就是要凑够二十八之数。我不怕死！"嬴政一听，火冒三丈，大怒道："这小子是故意来违背寡人命令的，赶快准备一口大锅，寡人要煮了他。"说完，按剑端坐，气势汹汹，召见茅焦。

茅焦故意慢慢地走进大殿以减弱秦王的怒气。侍者催促他快点，茅焦说："我到了那里就要被处死了，你就不能让我慢点吗？"连侍者都感到非常悲哀。茅焦来到嬴政面前，不慌不忙地行过礼，对秦王说："我听说，长寿的人不忌讳谈论死亡，国君不忌讳探究国家灭亡。人的寿命不会因为忌讳死亡而长久，国家不会因为忌讳亡国而保存。人的生死，国家的存亡，都是开明的君主最希望研究的，不知道大王是否愿意听？"听到这里，秦王的怒气稍稍缓解，问："此话怎讲？"茅焦说："忠臣不讲阿谀奉承的话，明君不做违背世俗的事。现在，大王有极其荒唐的作为，我如果不对大王讲明白，就是辜负了大王。"秦王停顿了一会儿，说："你要讲什么？说来听听。"茅焦说："天下之所以尊敬秦国，不仅是因为秦国力量强大，还因为大王是英明的君主，深得人心。现在，大王车裂你的假父，是为不仁；杀死你的两个弟弟，是为不友；将母亲软禁在外，是为不孝；杀害进献忠言的大臣，是夏桀、商纣之为。如此品德，如何让天下人信服呢？天下人听说之后，就不会再心向秦国了。我实在是为秦国担忧，为大王担心啊。"说完之后，茅焦解开衣服，走出大殿，伏在殿下等待受刑。秦王政听了茅焦这番话之后，深为震动，知道自己的行为对收买人心、统一天下大业不利，于是，他亲自走下大殿，扶起茅焦，说："赦你无罪！先生请起，穿上衣服。我愿意听从先生的教诲。"茅焦进一步劝谏说："以前来劝谏大王的，都是些忠臣，希望大王厚葬他们，别寒了天下忠臣的心。秦国正图一统天下，大王更不能有迁徙母后的恶名。"秦王说："以前的人，都是来指责我的。没有一个讲明事关天下统一的道理。先生的话使我茅塞顿开，哪里有不听的道理？"于是，秦王采纳了茅焦的建议，厚葬被杀死的人，又亲自率领车队，前往雍地把太后接回咸阳，母子关系得以恢复。

后来，茅焦受到秦始皇的尊敬，被立为太傅，尊为上卿。

茅焦返回齐国后却遭到奸佞诬陷，落了个叛国投敌之名。无奈之下，茅焦离开齐都临淄，北行来到渤海沿岸，居住在蒲柳台西部不远的一个小镇（今滨城区滨北街道），开始了漫长的隐居生活，直至去世。后人为纪念茅焦，在茅焦隐居的地方修建茅焦祠。宋大观初改元武祠，把茅焦像移到西廊，直到清咸丰年间还存在。如今，茅焦祠已不复存在，只剩昔日承载茅焦祠的故地高台，当地人称为茅神台、茅焦台。

7. 秦台晓雾

秦始皇的望仙台

滨城区有个乡和秦始皇有关，就是秦皇台乡。因为该乡西石村西南有一座土台，因秦始皇而得名，即秦皇台。秦皇台，简称秦台，又名蒲台，是滨州三台（秦台、卧佛台、茅焦台）之首，史载为秦始皇所筑。据咸丰《滨州志方舆志》"秦始皇台"条记载：秦始皇派遣徐福到蓬莱、方丈、瀛洲三座仙岛寻求长生不老之药，过了很长时间，徐福还没有回来，秦始皇于是构筑此台，眺望徐福，因此，秦皇台实际是一座望仙台。

当时台高 80 尺，周围 200 步，渤海人万建曾经在上面建造玉皇殿。元英宗至治年间（1321—1323）重新修葺，知州张道有记。明弘治年间（1488—1505）义官王祀重修，此后修建不详。现在的秦皇台高 19 米，底部周长 1800 多米，面积 2826 平方米，顶部周长 628 米，面积 310 多平方米。

元代于钦所著《齐乘》描绘当时秦皇台美丽景象说：秦皇台在一片平地中拔地而起，遥望孤矗秀丽，隐隐约约，好像山峰。日出时，烟雾缭绕，乍隐乍现，恍若海市蜃楼。秦台晓雾逐渐成为著名的滨州八景之一，吸引历代骚人墨客登台远眺，留下题咏，赞美其优美风光。明万历年间知州艾梅曾登台写下七绝《秦始皇台》即是其中有名的一首：

秦皇汉武亦雄才，海上求仙竟不来。

千古风流等春梦，碧桃岩下自花开。

1984 年以来，有关部门先后对秦始皇台进行了考察，采集了大量灰陶器物残片。据推断，秦台是建在一处东周遗址之上，采用人工夯土筑成。台东侧剖面，夯土层次分明，并夹有红烧及周汉陶片和长乐未央瓦当，故应为秦汉间所筑。

秦台下有八角琉璃井，明成化十九年（1483）挖掘，井为八角，深 9 米左右，分三节，自上而下节节缩小，井内三泉并涌，清澈见底，刮东北风时水咸，西南风时水甜润，冬夏不枯，人称海眼。据说，滨城杜氏家族之所以科场顺利，人才辈出，是因为杜家大院内的水井与八角井相连，因此与大海连通在一起。清乾隆四十五年（1780），重修八角井，在石栏上雕刻了 9 只狮子（其中有一只小狮子雕刻在大狮子背上），55 年后，也就是道光十五年（1835），杜受田入值上书房，第二年教授咸丰皇帝读书，而咸丰皇帝恰是清朝第九位皇帝。杜受田成为第九位皇帝的老师。狮和师谐音，八角井的九狮与第九位皇帝的老师相映成趣，令人遐想。直到现在，当地还流传着这样一段民谣：

狮子滚绣球，越滚越富有。

摸摸狮子头，考试不发愁。

摸摸狮子背，荣华又富贵。

摸摸狮子尾，健康又百岁。

8. 淄角

齐桓公的根据地

从惠民县城沿大济路南行不到 20 千米，有一个村镇，名叫淄角镇。明嘉靖《武定州志》记载淄角的含义是"淄水之角"，淄角是由金代"脂角"演化而来。淄角物产丰盈，农业生产强劲，所以有"脂角"之称，脂角，意思是富得流油之角，现在当地还称淄角为"脂桥"。据民间传说，淄角这个地名是春秋五霸之首齐桓公所赐。

淄角原是春秋时期齐国边防重镇。齐襄公时，齐国政治混乱。公子小白在鲍叔牙的保护下外出避难，先是计划到其外祖家卫国（今河南、河北、山东交界处一带），途经淄角。他极可能在淄角待了很长时间，且暗中组织了自己的党徒和

淄角文昌阁（刘希坤摄）

势力，取得了高、国几家大夫和人民的支持。小白又从淄角跑到莒国避难，后来比公子纠早六天回到齐都临淄，被立为新的齐王，就是齐桓公。支持公子纠的鲁国进军，面对来势凶猛的鲁军，齐桓公深知自己在临淄脚跟未稳，于是主动退出都城，北撤到了自己避过难的根据地——淄角。公元前685年秋天，齐军与鲁军战于乾时。齐桓公得到当地人民的支持，大败鲁军。鲁国受齐国威胁，处死了公子纠，齐桓公稳住了国君之位。在齐桓公避难、战胜公子纠的过程中，淄角可以说是齐桓公的一个重要根据地，因此他对淄角颇有感情。称霸后，特驾临此地安抚百姓，并赐名淄角，意思是齐都临淄的一角。

淄角地处惠民到济南的必经之处，古代是区域重镇，经济文化繁荣，相传建有七十二庙，如今仅剩文昌阁。

9. 桑落墅

秦始皇东巡桑枝落

惠民县桑落墅镇历史悠久，是古厌次县治故址。从卫星云图俯瞰，桑落墅古镇犹如一片桑叶。桑落墅得名相传与秦始皇东游厌气有关。

《汉书·高祖纪》记载：秦始皇认为东南有天子气，想通过东游来镇压它。据明嘉靖《武定州志》、光绪《惠民县志》记载：秦始皇三十七年（前210），秦皇东巡，来到此地，驻跸于此。忽然，乌云密布，霎时下起了雨。于是，队伍停止前进，秦始皇躲到一棵巨大无比的桑树下避雨，正巧有一条桑枝哗啦啦落了下来。等风停雨止后，天色已晚，队伍就地扎营住宿。从此，人们就称这个地方为桑落墅，意思是桑树枝落下的下榻之墅。

桑落墅，至今仍沿袭称呼，有大、小桑落墅，俗称大桑、小桑，分属惠民县、阳信县。

据考证，5000年前桑落墅就有人类聚居，商代时属蒲姑国，周代时属齐国。唐代，随着华严寺落成，桑落墅街成为当地方圆几十里的佛教圣地，香火特别旺盛。自元代至清代，桑落墅街又相继建成玉皇庙、关帝庙（南街）、三官庙（西街）、镇武庙（北街）。这些庙宇建筑精美，香火旺盛。每年的农历二月、三月、四月、六月、十月和腊月，桑落墅街都组织庙会。

桑落墅镇民间艺术丰富多彩，京剧、吕剧、东路梆子遍布全镇，秧歌、龙灯、芯子、高跷、旱船、莲花落、狮子舞等民间艺术表演争奇斗艳，拳术、大刀、花枪等各种民间武术，异彩纷呈。民国初期，韩龙章村的韩振铎，是东路梆子名演员，艺名咬断弦，被称为滨州艺术团五虎将之一，当地有"听见振铎声，棉车忘了拧"的俗语。

桑落墅镇刘家店村有一棵宋朝的老槐树，据说已经活了一千多年，宋太祖赵匡胤曾经在这棵老槐树上拴过马。

10. 丢靴筑城

韩信丢靴

康熙《海丰县志》记载，春秋战国时期，海丰（今无棣）介于燕国、齐国之间，两国边界经常发生战争，海丰县城之北有几处依地势而建的城垒，从这几处城垒可以想见当时的战事。由此可见，无棣自古是军事要地，实乃齐燕要津。宋代乐史《太平寰宇记》说无棣是"九河之会，五垒之居"，这些旧垒就是信阳古城，当地人称为汉垒。《山东通志》记载：信阳古时称信城，城因汉大将军韩信所筑，城居海滨险要之地，周长3000多米，外形如靴。这个记载和韩信丢靴的传说有关。

民国《无棣县志》卷首图之汉垒盘旋

当年韩信与由刘邦一方投靠项羽的魏王豹在此激战，一开始韩信失利，兵败奔逃，慌乱中丢失战靴，引起自己一方的士兵哗然和魏王豹军的嘲笑。韩信决定要报这丢靴之耻。他分析战场形势、双方力量，认为必须要建立防御工事，才能战败敌军。建立什么样的防御工事呢？韩信苦思冥想，计上心来。他决定把城防建成靴子的形状，因为一来这种城防只有一个入口，易守难攻；二来韩信为激励将士杀敌立功，一雪丢靴之耻。有了坚固的城防，韩信自是立于不败之地。韩信在朱龙河附近摆下迷魂阵，魏王豹进去后迷失方向，行至朱龙河一段的泥泞湾陷入泥水中，被韩信用箭射死。韩信敬佩魏王豹的才华，令士兵将豹埋葬并筑其封土，即为魏王豹墓，又名郭来仪古墓，当地镇民俗称台子坡。汉初建城时，黄水正从萧米河东流，取韩信建城和城处在大河之阳的意思，命名信阳城。

因韩信与魏王豹的故事，古城历来文人墨客凭吊怀古。明嘉靖举人孙重光写有《汉城俯瞰》，诗云："平原北望郁峥嵘，古垒犹传大将名。把酒几伤兴废事，凭栏不尽古今情。"明嘉靖进士杨巍《秋日登无棣古城呈谷司马》诗云："魏豹坟边四履尽，淮阴垒外九河平。"

当然这只是一个传说。考古挖掘资料表明，信阳故城址最早建于春秋时期，城址平面呈矩形，东西长约1500米，南北宽约1400米，总面积约有200万平方米。现保存有西南角一段城墙，长约120米，最高处6米。信阳故城历经数次勘探，知城址内分大、小二城。大城居东，小城坐落于大城的西北隅，两城有内城墙相隔。城墙用版筑法筑成，其布局与齐临淄故城相似。信阳故城并不仅仅是简单的生活居住区，应该还兼有齐国非常重要的军事防御功能。

乾隆《海丰县志》卷首有清代画家、钱塘人士费而奇所绘的无棣八景图，其中汉垒盘旋正是信阳古城，画中勾勒出了古城城墙、城门及村落建筑。

11. 东汉彩绘汉画像石墓门
山东省第一次发现、黄河三角洲唯一的彩绘画像石

2007 年，邹平出土了一块体现事死如事生的汉代人地下生活的彩绘画像石。著名历史学家翦伯赞称汉画像石为"绣像的汉代史"，它们形制多样、图案精彩、主题丰富，以图像艺术的形式直观地再现了汉代社会生活的方方面面，更是屹立于世界优秀文化之林的民族瑰宝。两汉时期，汉代祖先通过汉画像石、像砖雕刻，充分表达了对生命、生活、自然的认识、情感和寄托，是各阶层生活的艺术再现；并真实反映了汉民族形成时期积极向上、气势恢宏、心胸开阔、凝聚和谐的民族性格，体现了当时人们对天、地、人三者合一纯朴的哲学理解。

2007 年 11 月，山东省考古研究所与滨州市文物管理处在邹平县东区开发工地考古发掘时发现了 11 座东汉墓。其中一座东汉墓（7 号墓）有彩绘汉画像石墓门，这是我省第一次发现彩绘汉画像石，具有极高的学术价值、历史价值和美学价值。这 11 座汉墓皆为南北向的夫妻合葬墓，都有墓道、墓室和墓门，其他几座墓都是围绕在 7 号墓的周围，规格和墓的形制都相对较低，经初步分析这里应为一家族墓地。

7 号墓的墓门由四块朱红色彩绘汉画像石组成。石墓门外有两层朱红色彩绘菱形花纹的封门砖，拆走汉砖后，便发现了这座墓门。这种朱红色颜料为一种矿物质。这座墓门由三部分组成，中间为两扇石门（高 1.25 米，宽 0.5 米左右），阴刻着饕餮兽形铺首衔环；石门上面为彩绘汉画像石门楣（长 1.2 米，

邹平出土东汉彩绘汉画像石墓门（张卡摄）

高 0.4 米左右），门楣中间阴刻有一个羊头，代表财富，两边则绘有车马出行图，形象地反映了墓主人生前的生活；石门两侧为左右立柱（高 1.25 米，宽 0.25 米左右），上刻四神图，其中左立柱上刻青龙下刻白虎，右立柱上刻朱雀下刻玄武，分别代表东西南北四个方位。画像石皆为阴刻，线条简洁，流畅粗犷，富有浓重的汉代风格。

从墓葬形制分析，该处墓地为一处汉代家族墓群，一直从西汉延续到东汉。这对研究汉代的文化、经济、政治生活有着极为重要的意义，最起码说明此处在汉代经济生活一直非常稳定，而且也应该非常发达繁荣，文化内涵非常丰富。

此前山东省发现过不少汉画像石，但都没有彩绘，此次彩绘汉画像石的发现在山东省还是首次，意义重大，不仅填补了山东省彩绘汉画像石的空白，而且如此精美完好的彩绘汉画像石在国内也是非常罕见，十分珍贵，其学术价值、历史价值和美学价值都非常高。

12. 丈八佛

巨大石座、石佛何处来

丈八佛坐落在博兴县湖滨镇丈八佛村北兴国寺遗址上。兴国寺俗称丈八佛寺，民国《重修博兴县志》记载：兴国寺俗名丈八佛寺，在北寨社。相传是北齐天保年间青州刺史王领建，有人说就是同光寺。据此，兴国寺的兴建可能与魏晋南北朝时期佛教传入博兴，从而引起大兴佛寺之风有关。

丈八佛造像是东魏时期平原地区最大的单体圆雕石佛像，也是东魏时期石造单体圆雕造像中的佼佼者。它是古代劳动人民智慧的结晶，是我国古代艺术大师们留下的一件不可多得的艺术珍品。石造像由两块巨石雕刻而成，头部一块，躯体一块。佛像面涂金粉，身披通肩袈裟，手施无畏、与愿印，法相庄严。左右各雕有供养人六，比丘一，中间有一人作双手拱博山炉状。两旁的四幢石碑上分别刻有该寺重修的碑记。丈八佛石像通高7.1米，像高5.6米。高髻、方面。大耳，耳长0.5米，肩宽1.8米。立于高1.5米、底面面积7.36平方米的覆莲座上。复瓣覆莲座上呈覆钵状、高 0.65 米。上面有卯孔，孔径 1.9 米。丈八佛造像足下莲台下的榫就是插入此孔。覆钵下为斗形方体，方体高 0.65 米，斗形方体的四个斜面上刻有迦娄罗、博山炉及四组共 26 个供养人。四个斜面的腾部有的刻有题记。覆莲座下为一长 3.6 米、宽 2.6 米、高 0.2 米的基石。

兴国寺丈八佛造像

千百年来，这里既是一处佛教圣地，丈八佛也成为民间信仰的乐土。无数善男信女都对他顶礼膜拜，奉若神灵。不说流传已久的关于丈八佛传说，就是丈八佛本身，也有一个扑朔迷离、神秘莫测的谜团。如博兴远离山区 100 多千米，经过地质部门勘测，方圆 200 千米范围内没有雕刻丈八佛这样的石料，那么丈八佛究竟是在什么地方雕刻而成？在生产技术如此落后的千百年前，人们是用什么方法把近 20 吨重的莲花座和近 30 吨重的石佛像运到这里并且安放好的？这里距黄河仅有 30 多千米，历史上连年不断的洪水浸泡，无数次的地震摇动，但丈八佛不倒，不斜，不陷，仍傲然屹立，这不但是奇迹，而且是一个难解之谜。

13. 失而复得的蝉冠菩萨像

东方维纳斯

1976 年 3 月的一天，博兴县张官村一位村民在自己的宅基地中挖到一些佛像残片，也没太在意，就将这些残片当作垃圾丢掉了。博兴县文管所工作人员李少南听说挖到石像的消息后，前往查看。当见到这些佛造像残片时，他就意识到了这些佛造像残片的文物价值。李少南和其他工作人员把这些佛造像残片黏接修复成一尊较为完整的菩萨像，即蝉冠菩萨像。蝉冠菩萨像的双臂不知所踪，反而呈现出遗憾的美，因此人们称之为东方维纳斯。经鉴定，这尊佛造像是南北朝时期的文物，属于古代龙华寺遗址出土的文物。直到被偷走之前，蝉冠菩萨像一直保存在博兴县文物所。

1994 年 7 月的一天，县文物所的工作人员像平常一样来到单位上班，发现蝉冠菩萨像不翼而飞。之后几年，大家一直在

蝉冠菩萨像，现藏山东博物馆（张卡摄）

找寻这尊文物，可是一直没有消息，直到 1999 年 12 月，国家文物所接连收到的两封神秘信函，都是说的一些关于佛像的事。

2000 年，《纽约时报》刊发的一篇类似蝉冠菩萨像的文物报道引起了专家们的注意：这尊佛像很可能就是博兴县文物所丢失的蝉冠菩萨像。专家们立即着手调查这尊佛像的下落，发现它在被盗后流转于英国文物市场，1995 年，被日本美秀博物馆花费巨资买走。文物局立即派遣人员同日方进行谈判。中日双方经过多场艰难的谈判，终于在 2001 年 4 月达成协议：在 2007 年日本美秀博物馆建立 10 周年之际，日方无偿将蝉冠菩萨像捐还给中国，条件是此后每隔 5 年，蝉冠菩萨像必须在日本美秀博物馆展览一次。

2008 年 1 月，这尊在外流浪了 14 年的蝉冠菩萨像，终于再一次回到中华大地，入藏山东博物馆。

蝉冠菩萨像通高 1.205 米，菩萨身后的圆形背光直径为 0.54 米，是典型的东魏时期作品。蝉冠菩萨像身躯修长，给人一种轻灵逼真之感。菩萨面带微笑，嘴角微微上扬，面容和蔼可亲。菩萨身上的各种装饰品极为华丽，两肩各立着一个圆形装饰品，胸前悬挂着一个坠着宝珠的双层项链，菩萨像的双手在腹前交叉，交叉处装饰着一颗硕大的宝石。它的外形雕刻精美，不仅头部背后硕大的莲花背光华丽优雅，就连身上穿着的微薄贴体的衣服都雕刻得飘逸舒展。特别是在菩萨像的宝冠上，雕饰着十分罕见的蝉纹，这在世界上迄今发现的所有佛像中都是弥足珍贵的。因此，这尊石像又有蝉冠女神的美称。

14. 先有皂角（荚）树，后有北镇街

北镇变迁

过去，滨州群众一说北镇，指的就是滨州。可见北镇这两个字承载着几代人的美好回忆，远近闻名。现在的滨州市区就是从北镇发展起来的。说起北镇的来历，还有一段传说故事。

据传说，南北朝末，济水大汛，湿沃县（今滨城区）令来此巡查水情。他骑马登上连接济水南北的小木桥，马被汹涌的波涛惊颠，扬起前蹄对天长啸，一下将县令掀入桥下浪涛中，几经沉浮，皂隶终将县令救起。然而，那皂隶却因精疲力尽，被恶浪卷走，几番打捞仍未见尸骸。县令抹着眼泪，万端感慨，长叹一声说："此人乃皂隶中之佼佼者！"皂荚树又名皂角树，县令遂据谐音在码头边植下这棵皂角树，以示纪念。因此，在滨州民间，早就流传着"先有皂荚树，后有北镇街"的说法。

这棵皂荚树至今还活着。从滨城蒲园的旱冰场北行，登上黄河故堤北望，在万绿丛中，有一棵如硕大伞盖的皂荚树特别引人注目。这棵树高10余米，中部直径约1米，树冠直径约6米，树皮斑驳皱深，树干底部已出现一大洞穴，然而它仍枝繁叶茂，浓荫蔽日，成为附近市民纳凉休闲的好去处。

相传西汉时就有了这个地方，到了唐朝的时候就被称为北镇了，北镇得名于其位置，位于蒲城（今属滨城区）和大清河以北，1950年，北镇由原蒲台县划归滨县，但其名称一

六街皂荚树（李兆禄摄）

直沿用至今，是六街、五四、胜利、红旗、和平、义和大队驻地。北镇街是老北镇的主干道，和老北镇同时诞生，其曲蜿斜行，街面小，名气大，沥青路面。过去没有固定的名称，为了尊重历史，1984年9月，由当时的滨州市人民政府命名为北镇街。

在2000年滨州撤地建市之前，滨州地委党政机关驻地为原滨县的北镇公社，因此滨州人一直习惯于把滨州地委和行署驻地叫北镇。随着滨州撤地建市后市区规模的不断扩大和经济的发展以及各级媒体宣传的影响，北镇的称呼渐渐退出历史的舞台，成为一代滨州人的永久记忆。

15. 龙华碑

未建成就被毁埋的石碑

立碑本是为了让死者英名流传后世，生者死者都希望石碑矗立的时间越长越好。然而，在博兴发现的雕造于隋代的龙华碑却是尚未建成就被断毁掩埋。事情的起因和隋朝第一任宰相高颎（541—607）有关。

隋仁寿元年至二年（601—602），隋文帝在全国各州广发舍利，影响很大。博昌佛教信仰极盛，僧俗官民当是也为迎请瘗埋舍利而做积极准备，很可能在仁寿三年（603）就申请迎请舍利，并获得了批准。碑记"建兹灵塔"即建龙华舍利塔之意。仁寿四年（604）四月八日是第三次瘗埋舍利的统一时间，也是文帝最后一次分发舍利。此时龙华塔尚未建成，未分得舍利。龙华塔竣工时，杨广已登基做皇帝，这时文帝故去不久，故仍依前议，托名为文帝造塔。

博兴龙华碑（张卡摄）

就在此时，发生了高颎事件。高颎自称渤海蓚（今河北景县东）人，在灭陈及统一全国过程中立下大功，是隋朝开国功勋、第一位宰相。后来，他反对废太子杨勇，因此得罪了喜欢杨广的独孤皇后，并遭到隋文帝猜忌，被免官为民。不知什么原因，杨广即位后，重新起用高颎，任命他为太常卿。杨广生活奢靡，不惜民力，征讨高丽，开凿京杭大运河，这带给百姓无穷灾难。这时的高颎已到了晚年，看不惯杨广的骄奢淫逸、穷兵黩武行为，发了几句牢骚。杨广觉得自己重新起用高颎，他不仅不感恩戴德，反而埋怨，在大臣中间造成不好的影响。于是在大业三年（607）八月，以谤讪朝政的莫须有罪名将高颎赐死。高颎之死天下震动，反响强烈，他的儿子们和不少朝臣都受到牵连。从碑文上看，高颎次子高弘德直接参与了造塔工事，曾亲自到古塔基址考察，捐献了不少财宝。从碑文缺失的"其人也"上文，联系下文"难兄难弟"，似指高颎的长子高盛道也参与了最初的建塔谋划和捐助功德。可以说，高颎的两个儿子和建造龙华寺有着密切关系。因此，龙华碑虽然已经雕凿好，还没来得及树立，但建造者包括参与造碑功德的僧俗听说高颎事件后，害怕祸及自身，立即凿去自己的姓名，将碑砸毁掩埋。也正由于这一原因，残碑长埋地下，没有受到风吹雨淋，字迹就像新刻的一样。观察碑阴、碑侧，均无刻文，特别是碑阴预留的圭形碑额也没有题字，碑文中没有出现撰写人和题刻时间等，恰恰证明了这是一通还没有完成的碑刻。

清道光二十年（1840）《博兴县志》记载：龙华寺在城东北二十里崇德社，是隋代时皇帝命令建造的。有一块半截石碑，篆额是"奉为高祖文皇帝敬造龙华碑"。这说明当时已是残碑。后又埋于地下，直至 1923 年复出。

龙华碑碑文字体是我国的隶书向楷书转化时的字体，其书法研究价值和雕刻的技艺手法在国内占有重要地位，同时还具有重要的考古价值。龙华碑现在已经成为博兴县博物馆的镇馆之宝。

16. 展子虔《游春图》
山水画之祖

山水画是中国画的重要画科，形成于魏晋南北朝时期，但尚未从人物画中完全分离，直到隋唐才从人物画中独立出来，五代、北宋时趋于成熟。在这一过程中，展子虔是一位承前启后的关键画家。

展子虔，渤海（今惠民，一说阳信）人。他出生在南北朝分裂动荡时期的北齐王朝的治下，童年时表现出很高的绘画天赋，用树枝在地上画的花鸟鱼虫惟妙惟肖。父母看到展子虔的绘画天赋，大力支持，展子虔开始拜师学艺，走上绘画之路。

展子虔和其他老百姓一样，渴盼战乱早点结束，早一天过上安居乐业的生活，他也很想利用自己的画笔为社会安定做点贡献。有一年，北方的鲜卑人大举起兵，打到了展子虔的家乡，与朝廷兵力僵持了近一个月。正当朝廷将领退兵无策时，展子虔主动请缨说："我有一个办法，也许可以退敌。"展子虔此话一出，众人侧目，一个手无缚鸡之力的文弱书生，拿什么来

展子虔《游春图》

退敌？"用笔！"展子虔不卑不亢地回答。士兵们顿时大笑起来，不过，将领暂时没有其他办法，便决定让他一试。几天之后，按照展子虔的安排，朝廷官兵故意后退，叛兵则趁势进入原先朝廷官兵把守的村镇。之后，叛兵却一个个都停下来，跪在地上失声痛哭。原来，展子虔在这个村子的墙壁和地上画满了画，都是鲜卑人熟悉的部落环境，包括那里的房子、生活用具、花草树木等，更让叛兵们动容的是画里面鲜卑老人和妇女儿童悲痛哭泣，盼望千里之外的儿子、丈夫或父亲早归故乡。这些形象逼真、感染力强的画面顿时勾起了叛兵的思乡之情，瓦解了他们战斗的意志，于是投降的投降，潜逃的潜逃，这场战乱很快就平息了。"一个真正的画家除了有出色的描绘能力外，更要具有洞察人心的能力，如此才能让自己笔下的画更形象生动，甚至具备强大的力量。"展子虔如此对众人说。

隋文帝统一全国后，听说展子虔的故事和艺术才华，征召他到朝廷任朝散大夫、帐内都督等荣誉官职。晚年展子虔辞职专攻绘画，直至去世。

　　展子虔是现在唯一有画作可考、传世的隋代著名画家，其代表作是《游春图》，他与顾恺之、陆探微、张僧繇并列为四大家，在中国绘画史上有重要地位。经历东魏、北齐、北周的乱世之后，展子虔在进入隋朝之时一心只想过安定生活。但是刚刚取得天下不久的隋朝皇帝知道了展子虔的才华，命人将展子虔请入朝中，封为朝散大夫。随后展子虔凭借过人的学识和一心为民的优秀品格，又晋升为帐内都督，一直到晚年告老还乡。展子虔身为文官，公务较为轻松，这为他的绘画创作提供了有利条件。由于他生性耿直，在官场中很不得意，朋友也不多。他却十分泰然，潜心作画。他在为官之余研习书画，生活简朴，不断探索新的绘画技法，在山水画的研究上成就显著，从已知的山水画迹来看，青绿山水的鼻祖当推展子虔。他是绘画史上承上启下的画家，所处地位具有不同寻常的意义。

　　展子虔是一位创新型的画家。隋朝以前的中国绘画，是人物画的时代，主角主要是神仙、皇帝、仕女，山水只是作为人物画的背景铺衬。从现藏故宫博物院的展子虔唯一传世画作、我国现存最早的独幅卷轴山水画《游春图》看，展子虔突破前人创作思路，将视角转向作为人物背景的山水木石，以山水为主体，人物为点缀，配以亭台楼榭，并注意客观景物之间远近、高低、大小等关系的处理，把山水画发展成合乎比例的新形式，将绘画艺术推向了一个新的阶段，创立了青绿山水的绘画形式。被后人赞誉为"上继六朝传统，下开唐代画风"。

17. 定光佛舍利石棺

栽树挖宝

地不藏宝。许多珍贵文物是无意间发现的，但小学生植树刨坑挖掘出文物却不多见。惠民县出土的舍利石棺就是一名小学生植树时无意发现的。

1972年3月的一天，惠民县归化镇小学的学生们，来到镇外一处土坡开展植树活动。小学生们两人一组，挖坑、栽树苗、填土和浇水，忙得不亦乐乎。铁柱和小国两人奋力挖坑时，铁柱突然发现，小铲子"嘭"地一下回弹起来。两个小孩原本以为是石头，好奇心上来了，于是顺着石头挖呀挖。最后挖出一个迷你版的石头棺材。铁柱抱棺头，小国抬棺尾，两人将小石棺抬到了铁柱家。铁柱等母亲回来，告诉母亲说自己挖了个小棺材回来。铁柱妈认为是孩子调皮挖了别人家祖坟，于是请村干部来家里看看。村干部来了后，看到小石棺上用古文撰写的铭文、古朴的花纹以及神兽浮雕，认为这明显不是现代人的殡葬风俗，很有可能是古物。为了确认石棺来历，村干部与文物站取得联系，文物站也非常重视，派了两名工作人员前来察看。当工作人员看到小石棺后，确定这是一件供奉佛骨舍利的棺材。

这口石棺长0.66米，宽0.42米，高0.46米，石材为青石质地。棺盖上写着"沧州乐陵县归化镇罗汉院葬定光佛舍利石棺记"20字铭文，后面刻着制造这口石棺的僧侣、信众和石匠的名字。棺盖头部正中间雕刻着一只朱雀，左右两边各刻着定光佛和舍

定光佛舍利石棺（张卡摄）

利棺三个字。

棺身左边雕刻一条青龙，青龙脚踩祥云，奔腾欲飞；右侧雕有一只威猛的白虎，从山林里扑面而来；后面雕刻一只玄武神兽，腾云驾雾，形象生动。打开棺盖之后，却发现棺材竟是双层，里面还有一件铁棺，用生铁浇铸而成。

铁棺拿下来后发现，铁棺和石棺之间垫了丝绸，还有不少铜钱，全部是唐朝的"开元通宝"，共有50多枚。通过对比石棺的四神兽图形，发现与河北出土的唐朝鲁国公主墓志上的四只神兽非常相似。石棺上还刻有"横海军"三字，横海军是唐朝在沧州的军事机构，一直传到五代。同时"开元通宝"钱在晚唐铸造和流行，因此推断这件定光佛舍利棺据唐代不远，应是唐代晚期到五代时期。

从宋代到清朝，定光佛塔和寺庙非常兴盛，但这些寺庙或塔基里，都没有发现有铭文明确记载的定光佛舍利石棺，惠民县这件唐晚期到五代时期的舍利，是目前出土的唯一一件，因此十分珍贵。

18. 凤凰城

千年凤凰古城

滨州不少市民知道位于滨城区滨北街道的老滨城叫凤凰城，但对凤凰城的名称由来却不甚明了。这还得从老滨城的建城开始说起。

相传八仙之一的韩湘子在渤海县城上方为王母娘娘等众仙吹笛子，悠扬的笛声引得丹凤、青鸾二位仙子早已按捺不住，立即显露原形翩翩起舞。鸾凤齐舞的景象传到人间，元世祖忽必烈命平章于保保前去查看。于保保回京上奏皇帝称："那凤舞之地乃渤海县县城南垣，是一块风水宝地。"忽必烈听后，命令他出京督修一座凤凰样式新城，于是于保保领旨出京，带领人马奔渤海县。来到之后，他亲自到县城南坦之外，划定鸾凤飞舞的相应方位。新城周长九里，取《易经》阳爻"九"为数据，以应天数。

除了韩湘子玉笛引凤凰的传说，关于老滨城凤凰城的得名，民间说法多源于城垣造型。东关很小，且有凤冠的模样；西关很长，且弯曲逶迤拖撒开来，如同凤尾；南关、北关的大街皆有内弯,像翅膀模样;城中心街高高鼓鼓,如同凤之丰背。

在老滨城正中的十字路口,旧时立有一个木结构牌坊,面南背北,高四五米,宽三四米,起脊尖顶,南、北檐下各悬有一个巨幅横匾。横匾上的刻字古朴庄重,其南面匾上有"渤海雄邦"四个大字;北面匾上书有"龚吕旧治"。把传说与城中牌坊上的"渤海雄邦"四个大字结合一起,这古城便是"渤海雄邦凤凰城"。

据村民们介绍,现在老滨城内分布着东、西、南、北四街四关八个村居。以城墙为界,墙内为街,墙外为关,时至今日滨城区滨北街道当地人依然习惯称老滨城内的居民为城里人。老滨城的东西南北四个城门,各由里城门和外城门组成。里外城门之间有一块不小的空地,俗谓瓮城。四个外城门各朝与本门方位不同的方向:东西两门的外城门向南,南门的外城门向西,北门的外城门向东。专家分析认为,这可能是出于军事上有利防御的原则而设计的。东西南北四个里城门,还各有一个文雅的名字,刻在各城门上部正中镶着的长方形石块上,其名称分别是东门望海,西门临川,南门迎熏,北门拱辰。

除了城墙,老滨城外还有护城河。护城河是金朝明昌三年(1192)挖掘。明朝万历十年(1582),知州艾梅组织民工把护城河加深加宽,河深二丈,阔二丈,两岸栽种柳树。至清朝咸丰十年(1860),护城河年久失修,已经淤塞。

现在的老滨城是滨北街道办事处南街村,该村还保留有茅焦台遗址和杜受田故居等古迹,见证着老滨城这座"九朝齐鲁重镇,千年文化古城"的千古风流。

19. 海丰塔

文殊菩萨无棣歇脚藏舍利

唐贞观年间，佛国进贡了几十粒舍利，唐太宗敕令把这些舍利分发给全国大郡，建造佛塔贮藏起来。无棣僻在海滨，寥落荒凉，不足以称大郡，但是获得了一枚舍利。这足以令人称奇，其中原因和文殊菩萨无棣歇脚藏舍利的传说有关。

相传很久很久以前，文殊菩萨把五台山选为讲经说法的演教场。但是当时的五台山干旱异常，缺水少树，天空中没有飞鸟，地上没有走兽，毫无生气。文殊菩萨志在普度众生，便想借东海之水，消五台山之热，让荒山变绿，湖泊遍地，花果芳香，兽走鸟飞。于是，他骑着雄狮率众弟子去东海找东海老龙王借清凉石，借到后，在返回五台山途中，路过古邑无棣上空，文殊菩萨突然感觉和风微拂，本来闭目养神的他睁眼一看，被眼前的美丽景象惊呆了：只见丽日当空，百鸟飞翔，百花争艳，宛若人间仙境。便命弟子们在现在海丰塔的位置歇脚打尖。他暗自感叹：这里虽不是名山大川，也是佛家之佳境胜地。当时文殊菩萨蓦然心动，便将随身携带的一颗舍利子埋在这里，以感念佛祖之恩德。

到了唐贞观十三年（639），风调雨顺，五谷丰登，人民安居乐业，歌舞升平，佛教十分兴盛。文殊菩萨无棣歇脚藏舍利这段佳话，传到了京都长安唐太宗李世民的耳朵里。这时的李世民刚发动玄武门之变不久，害怕背负弑兄杀弟的罪名，心理包袱很重。为了摆脱这种负罪感，他开始崇尚佛教，这也是

无棣海丰塔（李兆禄摄）

他为"经国家，定社稷，序民人，利后嗣"而采取的一系列重大国策之一。当佛国进贡舍利时，他自然想到无棣，于是命尉迟敬德来无棣督建佛塔保藏舍利。

这样，在无棣古城东南隅大觉寺，就有了一座始建于唐代的海丰塔。海丰塔原名普照寺舍利塔，也称唐塔、大觉寺塔、大觉寺浮屠。海丰塔有十三级，古朴轩昂，飞檐挑角，禅佛胜境，可与西安大雁塔媲美。塔建成后，丛林塔影成为无棣古八景之一，历代文人墨客来此游览怀古，作诗抒怀。清代无棣才子李异写道："笔锋秀出郁人文，形式平将雁塔分。欲抉天章题碧落，凌空一管扫烟云。"

在无棣大觉寺海丰塔下，有一座菩萨殿宇，称为歇脚殿，供奉的就是在无棣歇脚藏舍利的文殊菩萨。大殿楹联为："文殊菩萨歇脚无棣藏舍利，贞观天子手诏棣州建宝塔。"殿内文殊菩萨造像为铜质，通高3.2米。清凉石之上横卧一青毛狮子，慈眉善目、瑞相天然的文殊菩萨歇息其上，右手持慧剑，左手持舍利子，一副想把舍利藏在此地的欣然之状。

明代维修时，吏部尚书无棣杨巍撰有《海丰县重修宝塔记》，并刻石竖碑。清康熙年间，无棣古城一带发生地震，海丰塔半腰裂一巨缝，摇摇欲坠。光绪年间，无棣古城又遭遇了地震，十三级宝塔损毁为六级半。近代，海丰塔塔基砖石剥蚀，更加战火频频，已经难于修补。1957年，经上级批准，当地政府将残塔夷平，塔基封土保护。

1991年，无棣县重建海丰塔。海丰塔，不仅是佛教的圣塔，也是教人行善的善塔，见证了历史的盛衰巨变，成为无棣灿烂文化的重要标志。

20. 醴泉寺

范仲淹划粥断斋

范仲淹两岁时父亲去世，其母谢氏只好带着范仲淹改嫁在当地为官的长山县人朱文翰为妻，由此，范仲淹随继父的姓，改名为朱说。两年后，继父朱文翰任职届满返回故乡，朱说母子随同来到了长山县，即今邹平长山镇河南村。此后，范仲淹在这里开始了他的童年生活。范仲淹在长山朱家接受了完整而系统的儒学教育，15岁便考中秀才，学识出类拔萃、志向卓拔超群。范仲淹喜欢和同伴们到长白山游玩，山中终年云气长白，缭绕山间，长白山的景色和浓厚的人文积淀深深地吸引了他，他在长白山中得到了人生最大的快乐。

21岁时，范仲淹对商贾技艺之类不感兴趣，只是一心想读书。县学已经不能满足他的求知欲，为此，他拜辞母亲，和一位刘姓同学一起借住来到长白山醴泉寺，拜醴泉寺主持慧通

醴泉寺（李兆禄摄）

为师，读书寺中。那时的范仲淹，每日煮粟米粥二升，置于容器之内，隔夜冷却凝固之后，以刀分为四块，早晚各取两块为食。待到用饭时，把冷粥稍微加热，再切碎一些蔬菜，加半盂醋，少许盐，简单腌制，以之佐餐。划粥断齑这种清苦而又自律的生活，他持续了整整三年。在醴泉寺里，范仲淹对艰苦的物质生活毫不介意，反而体会到求知的趣味和欢乐，作《齑赋》自嘲兼以自勉："陶家瓮内，淹成碧绿青黄；措大口中，嚼出宫商角徵。"

范仲淹聪慧好学。慧通知识渊博，学富五车，每日诵经之余，便为范仲淹讲书释易。在幽静的学习环境里，又得到好老师的教导，范仲淹非常珍惜这个学习机会，整日刻苦攻读，知识大增。慧通见范仲淹聪明绝顶，也非常喜欢他，生活上处处周济他，经常给他米面饼子吃，还将自己所掌握的知识尽力传授给他，使范仲淹在刻苦自学之余又平增了许多知识。

醴泉寺始建于南北朝时期，是由庄严法师创建的，距今有一千五百年的历史。醴泉寺南面的南峰名为龙台，传说曾有龙在山顶翔舞，故名龙台寺。唐中宗时，寺僧仁万重建寺院，寺院落成的时候，恰巧东山有一口泉井喷涌，气香味甘，唐中宗赐名醴泉。醴泉是济南七十二名泉之一，自古就有"品重醴泉"之说。有的人饮用泉水后除病增寿，因此龙台寺改名醴泉寺。

元代大德四年（1300），工部尚书贾驯主持修建范公祠，来年春天落成。醴泉寺中的大雄宝殿坐南朝北，而范公祠与其背向而建，坐北朝南，两座建筑"如尻相对"，这种建筑格局在建筑史上是不多见的。由于范公祠高出主殿两米，因此，民间有"天下寺院皆崇佛，唯有醴泉独尊儒"的说法。

1939 年清明时，日军扫荡，醴泉寺被毁于一炬，仅留存志公碑等。2004 年至 2006 年，当地政府在寺庙原址的基础上，重修和扩建了醴泉寺。

21. 锦秋湖三贤祠

鲁仲连、诸葛亮、苏轼游览锦秋湖

锦秋湖在博兴老县城东南城下，最迟在宋代成湖，至元代已相当可观。锦秋湖名字的由来与宋代大文豪苏轼有关。元中统间（1260—1264），博兴人在东南城上修建了一所亭子，取宋代诗人苏轼《和文与可洋川园池三十首·横湖》"贪看翠盖拥红妆，不觉湖边一夜霜。卷却天机云锦缎，从教匹练写秋光"中的锦秋二字为亭名，又以亭名谓濒临东南城墙的湖为锦秋湖。该湖大于麻大湖，面积约 60 平方千米。其范围在湾头、瞳子村以东至龙河洼，地区原种场为东界，南、东南面直逼姜韩村和薄姑城旧址，与麻大湖、会城湖相通。明成化九年（1473）开挖支脉河，其水从高苑县（今属山东高青县境）进入锦秋湖，从湖东北注龙河洼流向乐安县（今山东广饶）。自晚清开始，支脉、小清河水日减，且不复入湖，故锦秋湖水源奇缺，近百年内，春夏经常干涸，秋天才有积水，现在已完全干枯，亭也不存。据清康熙《博兴县志》记载：博兴有麻大湖，舟楫交通，鱼稻成市。当时大文豪苏轼为高密令，经过此地，非常喜爱这里犹如江南的风景。

据《清一统志》记载，除苏轼游览锦秋湖外，战国时鲁国名士鲁仲连、三国名臣诸葛亮也曾经来此游览，因此，博兴人在锦秋湖侧修建三贤祠，按时祭祀这三位贤哲。

锦秋亭原由博兴人建于博兴东南城，明嘉靖二十三年（1544）由金事黄鳌移至城南所筑的笔架山上，年岁久长，早

重修博興縣志　卷五　祠祀　六

各於其所禮固爾也鄭公名安國或曰越人或曰吳人書無可
核載筆者之過也元偉謹記（以上俱錦志）

三賢祠卽燕公祠後人增設別公千福神主於其中董移鄭公神
主合祀之故名（盧縣志初稿志）

寺觀　附

龍華塔者地則古龍華道塲之墟也先有古基未及砌就云云知
正赫連師亮甄相顧二姓氏上下有缺文疑縣人又云
太守蘭榮贊治歡伯友博昌縣令寶陀是奉勅建碑人又有趙鍼
奉爲高祖文皇帝敬造龍華碑交中稱皇帝者煬帝也又有北海
龍華寺在城北二十里崇德社隋時勒建者也有牛藏碑篆額曰
寺以塔得名也（舊志列古蹟今移此）
興國寺俗名丈八佛寺在北樂社舊志北齊天保青州刺史王領
建或又謂卽同光寺董無考（舊志在雒志今疑此）
泯洸寺在悉家村西北嵐報十年後廢每盛夏驟雨激添瓦敗碨間
金點如星起躍尺餘舊侭人雨後過廢基抬淡綠色片磁瓦上
鏽絅聖元三隸字按唐書中宗紀嗣聖元年太后遷帝房州寺之
建其在斯時乎然霏泯義無可考者意泯水山東海桑滄殺飯山
舊志原係海濱輿洸水有相連屬歟未可臆而知也（舊志在雒志今疑此）
斯地原係海濱景德寺觀又有玉皇閣在南門外呲盧閣在耿官莊白
衣觀晉閣在西關景德寺在縣治東洪福寺在輿福社福昌

民国《重修博兴县志》关于三贤祠的记载

已倾塌。清康熙五十七年（1718），博兴知县李元伟相度地势，发现旧亭东30多米处有一块水中小洲，命人修筑，增高增阔，重建锦秋亭。锦秋亭有曲栏回砌，水色侵阶，花香入户，渔船往来于绿荷白萍之间，美如仙岛，成为博兴第一名胜。清初诗坛领袖王士禛曾称誉锦秋湖类似浙江、江苏风景，这是锦秋湖"北国江南"的出处。远观锦秋亭巍然屹立锦秋湖中，新城（今属山东桓台）人王象春在《北湖游记》描写锦秋亭风光说："向北观望，离博兴城仅有十里，湖中船只高出城墙几尺。城南门附近的锦秋亭好像鸟儿展开的翅膀，点向苍空。"知县李元伟凭栏远眺，看"笔架山头，锦秋亭畔，春草青青，夏荷苨苨，秋月澄潭，冬山满雪，与夫云霞之敛散，鱼鸟之飞潜"，四时百物之景尽现眼前。

22. 一溜十八营

惠民辛店北宋抗金遗址

惠民县中部的辛店镇西北边一连十八个村庄，村名都带着"营"字，为什么这些村庄各个都带着"营"字呢？相传，这里曾是宋朝、明朝的重要战场，屯兵布阵设了十八个营地。

这里是当年杨家将安营扎寨的古战场。北宋时期，工部尚书牛保奉诏在今惠民城址修筑棣州城，并于城南20公里距徒骇河北不远处，屯兵驻军布设十八个营盘，背水一战抗御金兵来犯，整个营区从西南向东北呈弧状，起止长达15公里。从宋至明清间，按村姓加"营"字，十八营遗址上相继立起了十八个村庄。依次为：西赵营、西肖营、盛家营、刘家营、钟家营、东肖营、佟家营、前王营、后王营、东王营、东赵营、马家营、小胡营、大胡营、陈家辛营、刘家辛营、西李家辛营、东李家辛营。随着美丽乡村建设，合村并居，原有的十八营如今已变为十二营。据统计，营区的人口达万人之多，占该镇总人口的近四分之一。

虽然传说如此，但根据记载，只有西赵营村是始于宋朝时期的，其他村庄都是建于明朝宣德、嘉靖年间。西赵营村曾是当年杨家将安营扎寨的古战场，相传这里有一座石桥可以见证历史。但由于村庄搬迁、时间久远等，村里很多人只听说没见过，只有当时村里年长的一位老人知道它的大体位置。20世纪50年代，根据老人的记忆挖过一次，但没有找到。直到1997年，还是按照那位老人曾经的记忆，村民们从村子外面找人用工具探测，终于在村里的西边发现了这座桥。石桥有三个平行的桥洞，桥的石面上镌刻着一个象棋盘，据建筑风格推测，石桥应是建于北宋年间。建桥的材料非常坚固，挖出来的石头最大的有 2 至 3 米长，重 1000 多千克。后来村民用挖出来的石头新建成了三座桥，桥面上的棋盘也找不到了。

23. 鲁北镇城

牛保九年筑棣州城

宋徽宗时，宋辽澶渊之盟已过去近百年，和约早已名存实亡。契丹南侵，屯兵已至庆云。当时棣州（今惠民）处于北宋抵抗契丹的前沿，建立棣州城防迫在眉睫。

宋徽宗崇宁元年（1102），工部尚书牛保赴棣州督筑棣州城，历时九年建成，周长 6700 米，城墙高 8.42 米，上宽 3.1 米，基宽 6.2 米。总体建筑格局严格按照坊巷制度建置，衢衡有序，泾渭分明。棣州城高隍阔，铁壁银楼，自建成后历经战事 30 多次，为抵御侵略、保家卫国起到了重要作用。后经历代官员修葺，为一方军事重镇，被称为鲁北镇城。

据嘉靖《武定州志》载，城有四门，门上各建有一楼，称门楼。门楼为两层歇山重檐式阁楼，楼在城上，雕梁画栋，巍峨高耸。名为瞭望，实为壮一方形胜。四城门外各有半圆形瓮城。瓮城是城门外拱卫城门的小城，半圆的两头与城墙墙壁相接，高与城墙同。城初建时，出于防御的考虑，四瓮城门均不正出。瓮城及城门楼门楣上各镶有青石板，石上有

宋城魁星阁、古城墙（李兆禄摄）

门额。南门瓮城门额为金景，楼额为明远；北门瓮城门额为
靖安，楼额为紫薇；东门瓮城门额为青肃，楼额为春风；西
门瓮城门额为明远，楼额为景山。城墙的四角有角台。角台
即城墙四隅转角凸出墙体的实心台。按形制，一般有圆形和
方形两种。棣州城墙角台均为圆形，各角台上均建有歇山重
檐式二层阁楼。现在惠民县城还保留有当时留下的角台，当
地百姓称为角楼，原先只剩一个高大的圆形土台子，现已按
原貌修建成魁星阁。

　　同时，全城以十字街为制高点，中高外低；城内所有重要
建筑物均建于高台之上。筑城、筑台时就地取土，自然形成若
干池塘，俗称海子。夏季降水，由内而外先注入海子，然后注
入护城河，排出城外。

24. 杀虎刘

胡氏杀虎救夫

滨城区秦皇台乡有个村，名叫杀虎刘。村名的来历和元朝时该村一位妻子追杀猛虎勇救丈夫的故事有关。

元朝以前，这个村散乱地住着八户人家，因村子靠着官府大道，来往行人不断，家家开店谋生，故村名被叫作八门店。后来村人嫌店字不雅，改为八门殿。

元朝至元七年（1270），村民刘平被官府差遣去戍守枣阳（今湖北枣阳），妻子胡氏和两个儿子一同随往。刘平架着推车，车上装着全家的被服衣物和锅碗灶具，一家人昼行夜宿，风餐露宿。快到戍地时，一天晚上在沙河岸边露宿，准备明天早起赶路，一天就可以到达目的地了。经过多天的长途跋涉，刘平身困力乏，饭后倒头便睡。夜里，只听"呜"的一声风响，突然一只斑斓猛虎蹿来，张开血盆大口，咬住刘平，拖拽而跑。胡氏见状，先是吓出一身冷汗，接着爬起身，不顾一切地扑上去，猛地抓住了虎的两条腿。猛虎拼力挣扎，却怎么也不舍弃口中的猎物。胡氏被猛虎甩得滚来爬去，可她死也不放虎去。她大声呼喊儿子："快，快从车上取刀来杀老虎，救出你爹！"儿子被喊醒后抽出刀来，持刀赶来。这时，猛虎已经跑出十几步远，胡氏接过刀，用力刺向猛虎，刀片划过猛虎肚子，猛虎的肠子立即掉了出来，猛虎随后死去。胡氏赶紧呼唤刘平，刘平尚有气息。胡氏对他说："你先忍着痛，我们赶快离开这里。否则，如果再有老虎来了，怎么办呢？"于是丢掉推车，搀扶着重伤的刘平，领着年幼的儿子，涉水向西走去。黎明时分，来到季阳堡，向戍长倾诉了杀虎的经过。戍长命人立即救人，军中士兵都来围观，怜悯刘平的不幸遭遇，慨叹胡氏为救丈夫表现出的勇敢气概。第三天，刘平因伤势过重而亡。

戍长把胡氏杀虎救夫之事向上级做了汇报，上级被胡氏杀虎救夫的奇迹所感动，上奏章报告了朝廷。朝廷免除了胡氏终身的赋税徭役，并派人到胡氏村里表彰了她。村民们都被胡氏的勇烈感动，从此就把村名改为杀虎刘。

随着胡氏事迹的传播，许多文人也被她所感动，有的作画，有的写诗，以表达对胡氏的敬佩之情。正是：

> 景阳冈武松打虎为民除害本无心，出于虚构；
> 杀虎刘胡氏杀虎勇救亲夫凭真情，载在正史。

25. 吴式芬故居

无棣尚书第

吴式芬故居，是明清两代海丰（今无棣）吴氏繁衍生活的地方。故居位于无棣古城南门里（海丰路 27 号），始建于明代正统年间（原系明代户部尚书王佐之府第），距今已有五百多年的历史。故居处地高旷，坐西向东，一宅分南北两院，占地面积 7000 平方米，建筑面积 2600 余平方米。故居南院是明代正统年间由吴氏十三世吏部尚书吴绍诗购置后扩建而成，有南门厅、仪仗厅、账房、客厅、宝砚堂、舍房、寝舍等十几排

吴式芬故居（李兆禄摄）

主体建筑。南门厅跨五级台阶，重檐四柱，门楣悬"世典邦禁"董诰手书金字朱匾，进门有屏风浮雕，院内古藤盘旋，雅境如画；二进院南为明代账房，北为仪仗厅；三进院南为客厅，北为著名的宝砚堂及式芬寝舍。宝砚堂以珍存宋代苏轼"雪堂宝砚"而定名。其建筑特点为单檐立柱，跨步走廊，穿堂门，四面花窗。堂前古槐奇树参差掩映，堂中竖置楠雕绣花屏扇，上挂"宝砚堂"邓石如篆书扇形竹青金字匾额，中挂大理石刻山水条屏四扇，名家书画，辉映壁间，红木几案上置放文房四宝、镜鼎书画，吴氏翰墨会友、啸歌吟咏多在此堂。西下院有膳厅、舍房、库房等多排建筑。

故居北院，建于清康熙三年（1664）。单檐歇山式高台门楼，青砖碧瓦，门楣上悬"尚书第"横匾一方，是大学士金坛于敏中于清乾隆二十一年（1756）所书，楹联是"四省承宣三掌节钺，九封光禄两列史晟"，框对为"忠贞世胄""恭定家风"。进门影壁上嵌有"龙凤呈祥"汉白玉石刻一方，下筑小型太湖石假山一座，翠竹数丛、斜照清影。院中椿槐伴柳，青砖砌路，花草点缀。西进迎面抬梁歇山式大厅三间，二龙含脊，沿山九兽分陈，门楣上悬"父子进士"金匾一方，由军机大臣张廷玉书写，此为著名的"父子进士"厅。该厅石阶走廊，朱门格扇，雕花漏窗，内设紫檀几案，上列皇位、香案，脊椽上竖悬御赐"忠贞可嘉""奉天诰命"朱金竖匾两方。吴氏迎旨接官多用此厅。二进院南厢为"陶嘉书屋"，用以珍藏图书和金石文物；北厢是仿江南建筑艺术的"双虞壶斋"，式芬晚年多在此斋考鉴金石、著书立说。再西进院落还有舍房、家庙、十间闺房及仿江南园林风格的西花园，除此之外还有长廊、亭轩等诸多景观。因此，该故居建筑风格布局既具明清官宅庄园之势，又备江南园林古建艺术之特色。由于历遭战乱破坏，不少建筑被毁，但部分主体建筑仍在，近六百年的明代建筑犹存，仍不失为一处具有极高价值的文化遗存。据专家论证，此故居系明清时期官宦府第的典型代表，具有较高的考古价值和艺术价值。

世称吴氏家族"进士世家""尚书门第"，素有"七侍郎，八巡抚，九封光禄，三翰林，五资政，十朝邦禁"，自顺治到宣统年间，先后有百余人为官，无一个贪官、庸官。人们不禁要问：为什么吴氏家族能够诞生一代又一代文化名人，绵延明清五百余年？这主要得益于吴氏家族良好的家风家训。从吴式芬撰写的几千字的《家塾授蒙浅语》可概括其家风为三点：淳风厚德，直谅恬素；崇儒重文，耕读而仕；忠贞孝友，礼仪传家。小到勤勉励志，大到忠君报国，海丰吴氏的良好家风成为家族繁荣兴盛的根基。吴氏优良的家风可以从吴氏十三世吴绍诗（1699—1776）及其妻子王氏临终前对儿子的教诲一窥端倪。

吴绍诗因在法律方面的造诣和才华，受到乾隆帝的器重和恩宠而成为其肱股大臣。吴绍诗比于敏中年长15岁，两个人私交甚厚，在京期间常在一起吟诗唱酬。清乾隆三十四年(1769)，71岁的吴绍诗因政绩突出，由江西巡抚擢任刑部尚书，在回京面见皇上的途中，又被调任礼部尚书。在书法上颇有造诣的太子太保、户部尚书于敏中闻此喜讯，泼墨挥毫，亲笔题写"尚书第"三个大字赠送给吴绍诗，吴绍诗遂决定将故居吴家大院更名为"尚书第"。清乾隆三十九年（1774），76岁的吴绍诗以原官职荣归故里。当年，其妻王氏病故，王氏在临终时拉着长子吴垣、次子吴坛的手动情地说："垣儿、坛儿，你们要为'尚书第'这块匾额增光添彩，光前裕后，决不能丢名败姓！再则，为人做事要懂得'滴水之恩，当涌泉相报；衔环结草，以德报恩'的道理，特别是要永远铭记于大人对咱家的好。你们于叔父仅有的一根独苗又早卒了，现只有一个嫡孙于德裕。今后，一旦于德裕有什么困难求助于你们，一定要鼎力相助，不可袖手旁观，更不能落井下石……"

清乾隆四十一年（1776），吴绍诗卧病不起。病重期间，他对曾长期在刑部为官的两个儿子吴垣、吴坛谆谆教诲："为父做官四十余载，为国为民可谓鞠躬尽瘁。尔等拿朝廷俸禄，就得为国效忠，为民谋福。国法无情，尔等明晰国家律令，今后在审理案件时千千万万不能知法犯法，更不能徇私枉法，草菅人命。要切记，法永远大于情啊……"正因这种心系国家的精神，乾隆帝在京惊闻吴绍诗病逝噩耗，难过地说："朕失肱骨也！"

26. 相国第

杜受田故居

滨城区滨北街道南街村有一处古建筑群,明清五百多年里,从这里走出 12 位进士、5 个翰林,这就是名闻天下的杜受田故居。

杜受田故居是明清建筑,是杜受田父辈和众多叔兄弟们的房产。杜受田的八世祖杜诗是杜家大院的奠基人,他是明万历年间进士,历任湖广左布政使、江西布政使等职,位居二品。按照明朝的礼制,他家的大门可以开三门,五架大梁,然而,杜家宅仅一门;他居住的房屋可五间正房九架大梁,然而,这里仅三间正房五架梁。身为咸丰皇帝的老师杜受田位居一品,为官一生地未置一亩,房未增一间。杜受田的大儿子杜翰,曾是咸丰皇帝的军机大臣,也是辅助同治皇帝的赞襄政务大臣(俗称顾命八大臣)之一。杜受田的父亲杜堮,儿子杜翰、杜翱,杜翱二子杜庭琛,四代五人都是翰林。二儿子杜翱,曾以钦差身份任督办山东团练大臣。别看杜氏家族出现了这么多朝廷重臣、府州主官,但是杜家的住宅却极为普通,房屋装饰也异常简洁。家产的弱势与杜家人做人的谦虚低调相映成趣,而他们对功名的低调与为人为官的积极敬业却又相辅相成。儒家淡泊名利而又积极入世、刚健有为的精神,可以说是杜受田故居最大的内涵价值。

开放通畅是杜受田故居的典型特点。杜家大院东南西北各个方向都有大门,还有过道,四通八达。大院内,各个小套院

杜受田故居（李兆禄摄）

之间不仅开后门、开侧门，而且有门道相接，有廊厦相连。大院内没有一处封闭，空间上相对独立，氛围上户户相通，整个大院透露着一种天伦之乐、亲密无间、兄弟妯娌和睦共处的温馨和谐。杜氏家族人才济济，涌现出一大批清官干吏，这应该与大院这种开放包容、温馨和谐的人文环境有关。

杜受田故居内有 28 个小院，房屋 380 余间。现残存院落3 个，房屋 31 间，其中绣楼、太康邸房屋保存较完整，其他房屋残损严重。绣楼为二层硬山式砖木结构，面阔三间，楼长12 米，宽 6.9 米，高 8.8 米。

杜受田故居 2004 年被滨州市人民政府公布为第一批市级文物保护单位，2010 年被国家旅游局授予国家 AAAA 级旅游景区。

27. 魏氏庄园

独具特色的城堡式庄园

魏氏庄园是目前发现的中国最大、保存最完整的清代城堡式民居，1996年，被国务院公布为第四批全国重点文物保护单位。庄园位于惠民县城东南30千米魏集镇的魏集村。

魏氏家族是鲁北地区著名的集官僚、地主、商人于一体的名门望族，有六代二十余人曾在朝中做官，最高至正二品。魏氏庄园始建于清光绪十六年（1890），十九年（1893）建成，它是清代布政司理问、武定府同知魏肇庆（1853—1902）的私人宅第。魏肇庆是魏氏家族第十世，在甲午海战时捐白银一千两作军饷。

魏肇庆生活于动荡不安的清末，匪患不断。魏氏庄园位于白龙湾附近，该地经常遭受黄河决口之害。什么样的住宅，既能御敌防盗，又能防范水患，从而保护家人性命与财产安全呢？魏肇庆苦思冥想，最后决定去京城聘请宫廷设计师精心设计，花巨资修建这座防范严密、设计精巧的城堡式住宅。

魏氏庄园布局巧妙，结构合理，堂屋与偏房、与城垣间互联互接，巧夺天工。庄园占地面积24613平方米，分城堡式住宅、广场、池塘、花园四大部分。庄园城垣南北长84米，东西宽46米。墙高10米，根基厚3.8米，顶宽1.5米，结构采用明清城墙的传统模式，内为三合土夯筑，加纴石，外砌青砖。顶部外侧设垛口，内侧砌女儿墙。墙体内壁四周有拱券形壁龛，内有上下两层对外射击孔。城墙东南角和西北角建有两个半突

魏氏庄园（李兆禄摄）

出墙体的圆形炮楼，各分上、中、下三层，每层均砌有射击孔。平面布局按照中国民居传统方式，沿南北纵轴对称设计，并按前堂后寝的原则依次排列，整个院落错落有致、流线分明。住宅群体共三进九座院落，有大小 256 间房屋。院落群由中路主体院落和东西侧跨院组成，属于典型的北京四合院住宅。通过石流向内宅供水，供物靠内外相通的壁洞，冬季取暖采取地暖式。

　　齐鲁大地许多家族聚落功能齐全，与外界联系很少，形成一个自给自足的小单位，其中的魏氏庄园有磨坊、水井、裁缝房等，仓库里可以储存着大量粮食和煤炭，据说三年之内不与外界接触，也可以正常生活。魏氏庄园外围是高大坚固的城垣，内部是一个个封闭的四合院，即使站在高高的城垣上，看到的也只是一片屋顶。内宅更是处在深深庭院中，平常几乎看不到人，住在里面的女眷过着与世隔绝的生活。这种建筑布局的封闭性，反映出当时人们封闭保守的思想。

三

非遗流彩

滨州有着完整的历史发展脉络，拥有丰富的文物资源和非物质文化遗产，并因自己独特的地理位置造就了独特的文化景观，在鲁北乃至整个黄河三角洲地区都占有十分重要的地位。

滨州在考古发掘和重大项目施工中屡有重大收获。滨州馆藏的出土文物丰富多彩，不仅有众多的佛教造像、碑碣、墓志、石刻，还有珍贵的陶瓷、玉石、字画、碑拓、古籍和青铜器，以及大量的古生物化石、金银器、货币钱范、印章砚台等。这些藏品具有数量多、种类全、发展序列清晰和地方风格突出的特点，其中尤以佛教文物、盐业文物和字画为佳。

滨州现有国家级非物质文化遗产项目 10 项，省级 52 项，既有民间文学、传统舞蹈、传统戏剧、传统音乐、传统美术、传统医药，又有民俗、曲艺、传统技艺、传统体育游艺与杂技等，包含了人们的衣食住行各个方面。特别是明清以来，滨州政治、经济、文化繁荣昌盛，其非物质文化更是集鲁北之大成，绚丽多姿，异彩纷呈。这些珍贵的非物质文化遗产是滨州悠久历史文化的重要载体，凝聚着历代滨州人民的聪明和智慧，是民族生命力、想象力、创造力的重要见证。

保护利用好这些珍贵的文化遗产，对于民族精神的凝聚与延续，对于实现中华民族的伟大复兴，都具有十分重要的作用。

（一）民间艺术

1. 黄河号子

忘掉劳苦的歌声

说到黄河号子，眼前会浮现一群肌肉结实、青筋暴凸的纤夫喊着号子，以粗绳拖着沉重的船身，使尽力气让船前进的画面。为了动作整齐，鼓舞精神，纤夫们在双脚撑地、弓背拖船时都会大声唱出无词或有词的曲调。此起彼伏的号子声，响彻云霄，传遍四方，成为黄河边一道独特的风景线。

黄河自河南兰考县铜瓦厢决口，夺大清河入海，至现在150余年。在这百余年里，沿黄人民为治理洪水泛滥成灾，确保农业丰收，修筑了牢不可破的千里大坝，同时也创造了脍炙人口的劳动号子。

随着水上运输的发展，船工号子应运而生。夯号子、打桩号子和打板号子等一整套黄河号子便在滨州大地上诞生了。黄河号子内容丰富，其中船工号子又包括拉篷号、拉套子号、摇橹号、撑挽子号、拉锚号、挖棹号和推船号等。它是船工们在河上集体作业时，为了用劲一致，不由自主地发出的"哎咳哟嚎"的呼喊声。这高亢嘹亮的声音日复一日，年复一年，逐渐成熟完整。它能够使船工们团结一致，忘掉劳苦，奋勇向前，激励着他们的奋斗精神。如利津《黄河摇橹号》：

> 哎哎咳，嚎嚎哎，咳咽罕。嚎嚎哟，外来咳，咳咽咳，哟外来，咳咽咳咳。哎咽来，咳咳。哦摇来外，咳咳。哟来外，咳呀。哟来咽，来咳哟。咳来外咳，咳摇。外来咽，咳哦。哟嚎咳，咽罕嚎。

惠民县的黄河哦号，旋律性和抒情性都比较强。如《哦号》：

> （领）箍炉子那挑担，出店那个房咳嘿。（合）哎咳哟，咳呼呀。依哟咳，咳咳呀呼，咳呀！（领）挑起那个胆子来哎，又思那个量。（合）哎咳哟，咳呼呀。依哟咳，咳咳呀呼，咳呀！

还有打夯的时候，领夯人见景生情，看见某人经过，随口编唱，即性填词，其他打夯人跟着附和。如看到一个年轻俊俏的小媳妇走过来，就随口唱道：

> （领）从东头呀哟，（合）咳哟！（领）走来哟一个，（合）咳哟！（领）小媳妇呀哟，（合）咳哟！（领）长得俊呀哟，（合）咳哟！（领）这是谁呀哟？（合）咳哟！

这样的即兴演唱，诙谐幽默，往往引起围观人们的哄堂大笑，也就更容易让劳动的人忘记疲劳。

别看黄河号子没有乐器伴奏，唱词多是"哎、咳、呀、哟"之类，涉及事物的词很少，但是声音淳朴嘹亮，民间风味浓厚，地域性强，内容涉及民间风俗，有较高的欣赏价值和研究价值。

2009年，黄河号子被公布为省级非物质文化遗产代表性项目。

2. 道情戏（沾化渔鼓戏）

不娶老婆不睡觉，就是落不下渔鼓调

> 不娶老婆不睡觉，就是落不下渔鼓调。
> 不娶老婆不要孩儿，偏听渔鼓和三弦儿。
> 扔下牲口撇下筐，庄里传出渔鼓腔。

这是沾化民间流传了二三百年的歌谣。歌谣中唱到的渔鼓腔（调）是什么艺术，竟有如此大的魅力？

沾化渔鼓腔（调），又叫道情戏、沾化渔鼓戏。起源于沾化胡家营村，流传于沾化及周边县区，后又流传于山东东营、河北黄骅等沿海地区，距今已有三百余年历史。据《沾化县志》《山东艺术志》《中国戏曲志·山东卷》等文献记载：清雍正元年（1723），胡家营村重修道观时，请道士来此说唱道情，村民跟着学会了这种腔调，以后逐渐加以变化，把渔鼓（道情）、地方歌舞、武术和渔民号子融于一体，又吸收了弋阳腔（高腔）和其他剧种的艺术因素，渐渐发展成为行当齐全、文武兼备、

新排渔鼓戏《郑板桥》剧照

上台化妆演出的渔鼓戏。据胡家营村老艺人介绍，清代咸丰、同治年间，渔民刘元亨等人在捕鱼期间又把渔鼓戏传授给河北黄骅沿海冯家堡、赵家堡、岐口等地的渔民，沾化渔鼓戏遂流传于河北黄骅一带。晚清民国时期，沾化渔鼓戏非常兴盛，每逢庙会、集市、节庆日，都上演渔鼓戏，沾化县的富国、永丰、齐郿、下河等乡镇是演出沾化渔鼓戏的中心地带。演出过程也是传艺过程，演出中培养了一批民间艺人，当时较为出名的有边希田、边廷荣、边昌、刘汉儒、刘绊林等，剧目有《西岐》《哪吒闹海》《东游记》《湘子出家》等。

　　沾化道情戏唱腔属板式变化体，唱词结构具有"三句一番"的特点，唱词中有道教文化和移民文化因素，可为研究传统民间文化发展提供例证。其表演以福寿长拳为功底，形成"硬功为实，花架为辅"、亦功亦舞的表演特征。其演出程式也有特点，如生行："小生上场耍翎舞扇，老生上场整冠捋髯，武生上场起霸走边，红生上场舞刀扬鞭。"其音乐分伴奏和唱腔两部分，伴奏音乐的乐器主要是渔鼓，为唱腔以及唱段伴奏过门，增强演唱效果，烘托剧情；唱腔音乐为渔鼓腔，尾声有帮腔，优美动听。

渔鼓戏的主要艺术特点，一是唱腔上扬下跌，大幅度跳进的旋律旋法及一唱众和的艺术形式，加上贯穿唱腔整体的渔鼓装饰，形成了此起彼伏、跌宕连绵而丰富多彩、别具一格的艺术特色。二是表演艺术传承于中华武术，相伴有自己的锣鼓点，而严格区别于京剧、吕剧等其他剧种。

民国期间，沾化县（今沾化区）胡家营的业余渔鼓戏剧团演员有五六十人之多，迅速波及周边村庄，如陈家庙、樊桥、蔡尔庄、傅家等，各村均成立了戏班，有刘家班、吴家班、樊家班、蔡家班、傅家班等。富国庙会期间，陈家庙的吴家班与胡家营联合，连场演出 6 天。渔鼓戏始终没有职业剧团，到新中国成立时，逢年过节，胡家营村有业余戏班演出活动。

2006 年，沾化渔鼓戏入选山东省第一批省级非物质文化遗产名录。

3. 阳信鼓子秧歌

不扭秧歌不算过年

每年春节期间，阳信县洋湖、温店、流坡坞、劳店等乡镇的一些村民自发组成秧歌队在附近村庄巡演，吸引大量百姓观赏赞叹。老人说："春节不扭秧歌，年味儿就没了，不算过年。现在秧歌是非物质文化遗产项目，很多年轻人扭起秧歌来了，好得很！"

2011年，秧歌（阳信鼓子秧歌）经中华人民共和国国务院批准列入第三批国家级非物质文化遗产名录。

《滨州文化志》记载，清朝乾隆年间，阳信鼓子秧歌在阳信县西部洋湖、温店等乡镇广为流传，被当地群众称为"大秧歌""武秧歌"。

鼓子秧歌的起源在阳信县西部有这样一种说法：先有灵霄阁，后有大秧歌。灵霄阁建于明万历年间，是当时阳信县最大的古建筑群。每年正月十六为古庙会，来自惠民、商河、无棣、庆云、济阳等县的商客云集于此，烧香还愿热闹非凡。灵霄阁向东不远便是武定府（惠民县城），当时城外有兵营，每年正月十五将士们也来庆贺，他们手拿兵器摆成阵法，场面宏伟壮观，舞姿粗犷豪放，动作健美大方，节奏激情强烈，舞到高潮，三教九流、和尚道士也加入其中，逐渐形成了有一定形式和内容的鼓子秧歌，并在阳信县不断发展壮大。

阳信鼓子秧歌表演形式分路行片和跑场子（也叫跑花）两部分。路行片又叫跑街管子，是舞队在行进中或进入场地之前的舞蹈。全体人员依伞、鼓、棒、花伞、花的顺序排成两列纵队。在头伞的率领下，走着蒜瓣子花（也叫拧麻花）向前行进，表演至高潮处，所有的伞进中心，变成三路纵队，威武壮观，气势磅礴。跑场子也叫跑花，是表演的主体，即在广场中变出各种阵法，表演形式十分丰富。一般常用的"花"有单十字街、双十字街、九龙盘玉柱、二虎把门、迷魂阵等四十多种。

秧歌队的主要角色是伞、鼓、棒、花（女角），由于舞蹈主要是跑出各种战阵队形，因此组成一个秧歌队不能少于 32 人，多则上百人到几百人。

阳信鼓子秧歌人数众多，组织严密，形式完整，舞技强悍遒劲，阵式磅礴恢宏，既寓藏着厚重的历史文化感，又具有浓郁的时代气息和鲜明的地方特色。一个村的秧歌队都是由本村年龄大威望高的老人带领到各村演出，秧歌队进村，锣鼓鞭炮响起，融洽、和谐、欢腾、热闹的节日气氛便被烘托出来。

秧歌有十余种，鼓子秧歌是代表，因表演者手持特制罗圈鼓边击鼓边歌舞而得名，舞姿粗犷豪放，节奏强劲，场面宏伟壮观，堪称民间艺苑的奇葩，又名大鼓子秧歌。阳信鼓子秧歌是山东代表性民间舞蹈鼓子秧歌的一个重要流派，主要流传在阳信县洋湖、温店、流坡坞、劳店等乡镇。洋湖鼓子秧歌队主要由固定的伞、鼓、棒、花组成，一般由 70 多人组成一个演出队。伞分为丑伞和花伞，二者在秧歌队中数量相等。丑伞表演者左肩扛着伞，右手拿着牛板鼓，牛板鼓下面系着铜钱，是整个队伍的总指挥。花伞表演者左手举着伞，右手拿着铃铛，铃铛下面系着绸子。鼓表演者左手拿鼓子，右手拿木棒。棒表演者拿着两个木棒。花表演者手里拿绸子和手绢，动作简单，主要表现女性柔韧之美。丑角扮演的人物形象有很多种，如孙悟空、猪八戒、算卦先生、媒婆、懒汉等。据了解，鼓子秧歌与古代军事息息相关。伞代表古代帝王贵族出巡时用的华盖，鼓是盾牌，鼓槌是短刀或矛，棒是鞭，鼓子秧歌队由此演变而来。

4. 吕剧

听见坠琴响，饼子烀到门框上

"听见坠琴响，饼子烀到门框上。"这句俗语生动形象地表现出人民群众对山东地方戏吕剧的痴迷，听见坠琴声响，正在烀饼子的人急着去看吕剧，竟然把饼子烀在了门框上。

吕剧由山东琴书演化发展而成，是齐地域文化的特色剧种。以孙中新、刘峦峰等为代表的博兴民间艺人群体，是山东琴书的传承人，也是吕剧的探索者和创始者。据辛力、安禄兴主编《山东地方曲艺音乐》中"山东琴书音乐"一节记述：山东琴书为吕剧前身，但吕剧究竟从哪一派兴起尚无定论。据博兴、利津县志记载：清同治九年（1870）黄河下游多水灾，民众生活困苦，灾民多有唱曲乞讨者，多演唱当地流行的小曲《姐儿调》《画扇面》《鸳鸯嫁老雕》《后娘打孩子》《凤阳歌》等。1880 年前后，当地艺人合作，把带有情节的小曲如《后娘打孩子》《审青杨》等曲子，按故事中的人物分派角色，仿照戏曲的模式进行化妆演出，加上伴奏乐器（四胡、扬琴）形成化妆扬琴的形式。发展到清光绪十六年（1890），以孙中新为首的班子（其中有当地艺人刘峦峰、张桂兰、张兰田等），演出以章回小说为主的连台本戏，如《兴唐传》《大八义》等。这为吕剧的形成奠定了一定的基础。

孙中新自幼从母学艺，酷爱演唱，精通皮黄，在少年时期

博兴县吕剧团演出吕剧《孝子董永》剧照

就从师打过子弟班，曾学过京剧、梆子戏、抽腔（又名周姑子戏）、三姑娘等。他多才多艺，既能演唱琴书，又擅长司鼓操琴。演唱时，相互饰演故事中的人物，化妆登台，这种化妆扬琴的锣鼓音乐是用坠琴伴奏出来的，当时，这种演唱很受群众欢迎。

清光绪十六年（1890），幼年学唱三姑娘，善于演狠婆子及其他旦角的博兴县吕艺镇刘官村人张兰田（1871—1947），向高渡村抽腔艺人封学顺学唱抽腔，与本村自幼学唱三姑娘，既能演生角又能演旦角的张连信（1876—1918）在刘官村唱曲出了名。孙中新、刘峦峰知道后，主动去刘官村找他们交流，并经常与他们一起去王文村学习。经过多次接触、演唱、排练，在切磋技艺的过程中，孙中新、刘峦峰推荐善于社会交往的张连信为班头。为维持生计，他们组成演出班子，到淄博、潍坊、临沂等地演出。除了演唱以上剧目外，还演唱《三打四劝》《骂鸡》《站花墙》《东京》《西京》《卖油郎独占花魁》等。他们还改编了《看瓜园》《李怀玉借妻》《丁僧扫雪》等剧目。演唱时，既有较复杂的乐队伴奏，又有简单的武打场面。至此，这种在博兴境内土生土长，由小曲肇始，由坐腔扬琴发展而来的吕戏已具备了戏剧的基本特征，形成了吕剧的骨骼和雏形，并为以后吕剧的发展，奠定了良好的基础。

清宣统二年（1910），由著名艺人孙中新、刘峦峰、张保光、张兰田、张贵兰齐聚以张连信为班头的戏班，除演出传统剧目外，还移植了五音戏《王小赶脚》。清宣统三年（1911）春节在刘官庄，由张连信扮演王小，张兰田演二姑娘，用纸糊的毛驴系在腰间做道具，用天仙韵演出了《王小赶脚》。这一活泼生动的演唱形式，曾轰动一时，群众把这种戏称为驴戏。当时，与刘官村邻近的高渡村，也正大演扽腔戏。故民间有"刘官跑了驴，高渡扽"的双关俏语（扽，在当地方言中为捉拿的意思）。

在吕剧形成初期，并无统一规范的名称，群众多以化妆扬琴、驴戏、迷戏、琴戏、新洋（扬）琴戏、小戏称之。在胶东，群众则称其为蹦蹦戏。直到 20 世纪 50 年代初期，才正式定名为吕剧。陶钝晚年在《吕剧的发现与革新》一文中说："我掀开字典找出'捋'的同音字来，发现'吕'字没有不好的意思，又与音乐有关，就定为'吕剧'。"自 1952 年始，"吕剧"这一名称便广泛流传开来。

据山东省戏曲研究室（山东省艺术研究所前身）在新中国

成立初期搜集到的吕剧传统剧目抄本，就有近百出之多。其中既有单本戏，又有连台本戏。吕剧的早期剧目，除在博兴一带吕剧的孕育期间就开始上演的《三打四劝》《后娘打孩子》《审青杨》《王小赶脚》外，单本剧有《王定保借当》等，连台本戏有《五女兴唐》《关东大侠》等。近年来，博兴吕剧艺人还搜集整理了80多个老剧本。

2006年，吕剧入选山东省第一批省级非物质文化遗产名录。

5. 滨州民间剪纸

剪出大千世界

剪刀在一张折叠几次的红纸上灵巧穿梭，片刻之后，普通红纸可以变成可爱灵动的飞禽走兽，鲜艳美丽的花花草草，栩栩如生的人物形象，可以说，大千世界中的万物都可以随心剪出。这就是我国传统的剪纸艺术，滨州民

滨州民间剪纸（张卡摄）

间剪纸则是其中的一朵奇葩。

滨州民间剪纸是一种散发着浓厚泥土气息的乡土艺术，主要分布在滨州中南部和黄河沿岸的村庄，是滨州人民在长期的劳动实践中形成和发展起来的一种特殊的文化表现形式。滨州民间剪纸历史悠久，自古至今，滨州民间都有用剪纸艺术美化自己的生活，装点自己家庭的习惯，久而久之，逐渐形成了浓厚的地域特色。滨州剪纸题材广泛、结构严谨、古朴浑厚、拙中蕴灵，多豪放粗犷之作，与黄河流域的文化遗产一脉相承，在国内外享有盛名。2008 年，滨州民间剪纸入选第一批国家级非物质文化遗产扩展项目名录。

滨州民间剪纸种类繁多：按张贴位置可以分为窗花剪纸、门笺剪纸、墙花剪纸等，按用途可以分为喜花剪纸、生肖剪纸（诞生礼仪剪纸）、寿礼剪纸以及绣花纹样剪纸等，按使用材料可以分为单色剪纸、分色剪纸、套色剪纸等。

滨州剪纸植根于民间百姓的生活，题材广泛，各种动植物题材如葫芦和鸟、鸡狗鹅鸭、花草虫鱼、猪羊骡马等，还有人们熟知的戏文故事、民间传说，甚至歇后语都可以随手拈来。剪纸艺人们经过多年的艺术熏陶，对各种题材都能做到胸有成竹，他们大多不用构图，景随心移，心到景现，信手而剪，一幅幅栩栩如生、活灵活现的作品就会跃然纸上。

滨州一带民俗民风深受儒家文化影响，从滨州民间剪纸的规整平和与理性可以看到其文化内涵："王小卧鱼"反映孝道，"牛角挂书"反映尚文，"牛郎织女""走亲戚"反映爱情、亲情，"关公出阵"反映义勇双全等等。历史上黄河从滨州穿境而过，具有数千年文明的黄河文化对这里产生了深远影响，从民间剪纸那粗犷豪放质朴浑厚的风格中就可以看出那气势恢宏、大气磅礴的黄河文化之神韵。滨州民间剪纸的传承主要是祖辈相传和师徒相传。师徒相传主要是以剪纸为主业或副业的剪纸艺人，他们生产的剪纸主要批发给当地走街串巷的货郎，也有走街串巷的游方艺人，农闲时节游走四方，出售剪纸，以资补生活。

滨州民间剪纸凝聚着剪纸艺人的智慧，他们用灵心巧手把丰富的情感倾注在一幅幅生动的剪纸艺术作品中，表现了对大自然的热爱，对劳动的赞美，对美好生活的向往，显示出高尚质朴的情操和乐观向上的精神。

6. 娃娃张泥塑

扳不倒的江山，拴娃娃的风俗

在每年农历的二月二，惠民县皂户李镇火把李村庙会吸引周边群众，甚至有外省乃至一些国际友人前来赴会。这些人都是冲着火把李村庙会"二月二，拴娃娃"的民俗以及庙会上展销的众多造型各异、色彩艳丽、美轮美奂的泥娃娃而来。

这些泥娃娃主要产自河南张村。河南张村位于惠民县城西南约十五公里的沙河南岸，有70多户人家，300多口人，以制作泥塑闻名，素有娃娃张之称。河南张泥塑，品种繁多，造型古朴，有《牛郎织女》《白蛇传》《梁祝》《武松打虎》《孙悟空三打白骨精》等戏剧故事；有坐在莲花上的抱鱼、桃、杏的座孩；有安上哨子或肚子里装有弹子安个小棒发出各种声音的响孩；另有许多动植物，其造型夸张，色彩艳丽，形象逼真，栩栩如生。

关于河南张泥娃娃的兴起，主要有两种说法。

第一个传说：乾隆皇帝过六十大寿，文武百官都带着无数奇珍异宝去，刘墉只带了一个来自河南张的扳不倒泥人和一桶生姜给皇帝庆寿。见此，皇上大怒，刘墉说："请皇上息怒，此物无价啊！它的寓意是万岁的一统江山永不倒啊！"皇上闻言大悦，说："扳不倒的江山正吉祥。"从此，河南张泥娃娃开始闻名南北。

第二个传说：几百年前，河南张村有一个小媳妇，结婚几年都没有生下一儿半女，备受丈夫和婆婆冷落，婆婆经常指桑骂槐："养只鸡还能下蛋呢。"小媳妇非常难受，于是在每年的农历二月二龙抬头这天都会去一处寺庙求子，但一直难以如愿。直到有一年，求子心切的她将庙里的一个泥娃娃抱回家中，谁也没料到，不久之后，她怀孕了，生下一个大胖小子。此事

河南张泥塑（齐林辉供图）

170

传开以后，当地人就用黄河泥土制作泥娃娃，并在二月二龙抬头这天到庙会上去销售。一开始，河南张村村民把制作的泥娃娃带到各地庙会展销，但唯独在火把李庙会最为畅销，久而久之，火把李村就形成了二月二拴娃娃的风俗。当地的妇女如果没有子嗣，就拿着一根线到娘娘庙上拜神，俗称拴娃娃，使得庙会香火因此越来越旺盛。

清乾隆年间，重修娘娘庙，将附近祠庙中的神像集中到该庙，庙中的木雕神像多达 70 余尊，庙与庙会空前发展。庙会还成为河南张泥娃娃的主要兜售地，这就是乡民艺术生产中的村与村之间的分工与协作，来此赶会的人们都会买个娃娃回家。为了庆祝这一盛会，近些年，二月二这天，村里晚上有歌舞团献艺表演，歌舞团主要是来自河北吴桥和山东阳信，他们在村西头的棉花地里扎棚表演，表演剧目有魔术、歌舞、杂技、戏曲等。过了二月二人们就开始农忙了，庙会及欣赏表演成为人们关于自然变化的一个文化调适。

1948 年水灾后，地方政府为支援黄河堤坝建设，将娘娘庙中的木头、石头全部拆掉，娘娘庙从此不复存在，但庙会并未就此停止。每年农历的二月初二，庙会如期举行。庙会的内容，除了传统的祭拜、访亲和泥娃娃买卖外，还有魔术、歌舞、杂技、戏曲等歌舞表演，煎饼、炒蹦豆、锅贴等地方小吃以及转马灯、贝壳艺术品、玉石作品等民间绝活，剪纸、艺术字、面塑、吹糖人等民间手工技艺表演。

7. 清河镇木版年画

祖上传下聚宝盆

"武定府有个清河镇，家家户户迎财神。祖上传下聚宝盆，传给近乡和远村。"这几句朗朗上口的民谣，多少年来在滨州远近相传。歌谣中的武定府清河镇是现在的惠民县清河镇，"祖上传下聚宝盆"是指流传至今已有三百多年历史的清河镇木版年画。

清河镇位于惠民县境东南部，东邻魏集镇、胡集镇，西界李庄镇，北隔徒骇河与辛店、麻店为邻，南隔黄河与高青相望，以木版年画名扬鲁北地区。

惠民县清河镇木版年画始于清康熙五十年（1711），至今已有三百多年的历史。制作木版画的老艺人说：那时，清河镇第一大家族王氏祖先王画三先从天津蓟县前往河北枣强，又从枣强迁到清河镇。自从接触到这门技艺，清河镇的年画爱好者便投入了莫大的兴趣和激情进行创作。他们基于当地农民辟邪祈福的美好愿望，深度挖掘历史故事、神话传说，大刀阔斧地进行创作，作品画风淳朴，题材丰富，主题鲜明，用色大胆，造型夸张，具有浓郁的乡土气息，体现了一种鲁北地区特有的粗犷美。与天津杨柳青等地的年画不同，清河镇木版年画只印不画，全部用木版套印，别具一格。在此后的一百多年间，清河镇木版年画迅速发展，深得当地民众喜爱。至清光绪年间，清河镇木版年画发展到鼎盛，大街小巷木版年画店林立，曾多达六十多家，并流传到博兴、邹平、章丘、长清、沧州等地。

清河镇木版年画（王祖林供图）

经过多年的发展，木版年画成为深受鲁北地区民众喜爱的艺术形式。

清河镇木版年画从表现的题材内容上可归纳为：避邪纳福、瑞祥吉利、历史故事、神话传说、小说戏曲和瑞兽祥禽等。清河镇木版年画随着社会的发展和科学的进步而改进，逐渐演变成木版画的套印方法，它分为起稿、刻版、印黑、套色、施彩等工序。清河镇木版年画是按照当时农民的思想追求、风俗信仰、审美观念、生产和生活的需要逐步丰富表现内容的。它植根于民间的土壤之中，起着丰富人民精神生活、反映人民美好愿望、美化人民节日气氛的作用。其题材内容广泛，有山水、人物、花鸟等。清河镇木版年画具有立意简明扼要、主题鲜明、寓意深远、造型美观，兼具有夸张、变形的特点，且线型凝练流畅、坚实有力或大刀阔斧见长等特点。清河镇木版年画色彩鲜明，对比强烈，配色和谐多变，画师们多采用红、黄、绿、蓝、紫、粉红等色套印，而且追求乡土风味，韵香味厚，粗犷淳朴。

清河镇木版年画是中国版画艺术的瑰宝，与天津的杨柳青木版年画、潍坊杨家埠木版年画并称我国北方三大木版年画，

2006年，清河镇木版年画被山东省人民政府批准列入首批山东省非物质文化遗产名录。

8. 胡集书会
八百年不散的曲艺约会

人们都说"胡集书会是场八百年不散的约会"。胡集书会始于宋元兴于明清，见证了中华民族民间曲艺文化八百年的发展历程，也是黄河文化千百年沉积与生发的结晶。八百年来，全国各地的艺人每年过完大年，不约而同汇集于此，以天作幕，以地为台，南腔北调，说古论今。而过完年到胡集书会听书，是方圆几十里群众的一件乐事。台上击鼓弄弦，弹拉说唱，台下击掌叫好，鼓劲加油。一个胡集书会能让喜爱曲艺的群众过足了戏瘾，素有"一日能看千台戏，三天读遍万卷书"的说法。过去胡集镇一带农村还曾流传着这样一句民谣："不图宅子不图地，图的是胡家集那一年十三台子戏。"意思是说姑娘们找婆家都愿意到胡家集去，图的是看戏方便，赶会热闹。

胡集镇地处惠民县南带黄河（大清河）与徒骇河两河流域的中心地带，土地肥沃，气候适中，深得农桑灌溉之利。加之这里自古就是青州至沧州官道必经之地，距黄河下游重要码头清河镇仅5千米，水陆交通发达。唐宋时期，大清河中舟楫往返如梭，来往于京都与渤海港口之间，为四方商贾、说唱艺人提供了往来胡集的交通之便。加之这一带世风开放，民俗尚新，率先接受了经商致富的先进理念。正如《续修惠民县志》记载："南境趋重工商业，在外经营者，往来平津贸易者最多，境内商业中心在胡家集，金融界之消息与城市互通。"胡集镇拥田百亩以上的财主就有几十家，且多为经营地主兼富商。胡集镇附近的魏集魏氏巨富、丁河圈的丁氏"三义"、任陈的"陈家"、成官庄的"成家"、王肖的"王家"、林樊的"林家"……均为当地有名的财主。他们的店铺大多集中在胡集镇。当时胡集镇号称"七十二店铺，钱庄十三家"。

经济的发展带来了文化的繁荣。过去，胡家集每年除了四大庙会之外，还有二月二、三月三、六月二十四、八月十五、九月十五等节日大会，当然最大的元宵灯节书会更不必说。外加十天两个集日，使胡家集成为方圆百里首屈一指的繁华集镇。

胡集书会由前节、正节和偏节组成。前节即在正月十二大集前，距此较远的说书艺人为了不误书会，常常提前几天带着乐器和被褥，三三两两云集胡集，一些业余的曲艺爱好者随之而到，散住在镇上各客栈中。艺人们来胡集的途中，沿途说书卖艺，并于十一日晚前赶到胡集，借宿在村民家，集体进行"望空""报门"等联谊活动，这称为前节。

正节，正月十二大早，各路说书人便都来到集上，摆下摊子，扯旗挂牌，各自登场献艺。上午十时，鼓乐四起，鞭炮齐鸣，书会正式开始。由这天一直到正月十六，为正节，这是书会的高峰盛期。正节期间有正月十五元宵节，当地民间还有跑龙灯、扭秧歌、踩高跷、抬芯子、杂耍、武术等传

胡集书会（张卡摄）

统艺术表演，书会达到高潮，此期间艺人的演出要价最高。胡集附近村镇的农民特别爱好听书，一大早便起来听说书，把说书人围得里三层外三层。各村还派出内行人到书会上挑选中意的节目，选定艺人及节目后，拿走艺人的乐器以表示成交，于是邀请艺人到本村演唱，由本村人付给报酬。从正月十二晚间起，一连几天，各村的白天和晚上都有艺人说唱，若主人挽留，艺人就继续说唱下去，若主人不留，艺人就再赶正月十七的大集书会。

偏节，从十七日至二十一日，称为偏节，偏节过后，书会才散场。书会期间，艺人们互相拜年，交换书目，切磋技艺，收徒拜师，极富乐群敬业精神。书会散后，艺人们又沿途卖艺归去，下一年正月十二，艺人们又从四面八方来到胡集相聚。

说书卖艺为糊口，艺人们都想卖个好场，书会期间每天早、中、晚三场书，艺人相当劳累。当年来胡集说书的艺人多达四五百档，他们不怕路途遥远赶到胡集划场子，除附近及本省艺人外，还有来自辽宁等地的外地说书艺人在胡集各展声喉。西湖大鼓、梅花大鼓、木板书、毛竹板、沧州木板、相声、山东琴书、山东快书、渔鼓等艺术形式应有尽有，观众还可以听到冷门的过窑调、缯大鼓、河间大鼓、东路大鼓、数来宝等，一时间，胡集村每个角落声腔婉转、鼓板齐奏、琴筝争鸣。艺人们说唱的书目各异，但都是拿手的传统看家戏，细说精唱，争取卖个好价钱。

2006 年，胡集书会入选第一批国家级非物质文化遗产名录。

9. 扽腔

一个地方剧种的浮沉

扽腔，也叫灯腔、北路肘鼓子，是主要流行于滨城、沾化、博兴、惠民、广饶、高青等地的地方戏曲剧种。

在品类繁多的山东地方戏中，有一种在民间花鼓秧歌的基础上，以姑娘腔为主调衍化形成的戏曲声腔——肘鼓子声腔。大约在清嘉庆年间（1796—1820），流行于山东地区的"姑娘

抭腔《孝子桥》演出剧照

腔"逐渐形成为民间演唱形式的"肘鼓子"，当时的"肘鼓子"以一人演唱为主，唱时用手摇晃纨扇形、柄缀铁环的狗皮鼓，当地的土语称这种持鼓动作为"肘"（即"扭"的意思），所以人们将这种演唱形式称为"肘鼓子"。

在"肘鼓子"向各地流传的过程中，受不同地域方言、民俗及其他民间艺术的影响，发生了分化和变异，分别形成了柳琴戏、茂腔、柳腔、东路肘鼓子、五音戏、抭腔等剧种。

拥有丰富多样的剧目类型、经过舞台表演的长期积累，抭腔在发挥其典型特色的同时，也形成了较为固定的表演范式，其表演唱念做打齐备，角色行当齐全，且不同的行当各有特色。像旦角讲究"青衣走，大甩手；小旦走，风摆柳"；大花脸讲究功架、气质，要求气度恢宏、雄浑，以唱见长等。

在二百余年的发展中，抛腔一直在农村流传，剧目均未经过专业艺人加工，一方面存在简单、即兴、粗糙的缺陷，另一方面，也整体保留了朴实、健康的本色。抛腔的语言以博兴、广饶一带方言为基础，对白大量使用民间俚语、俗语、歇后语，像"东屋里点灯东屋里明""西屋里点灯黑咕隆咚""上了所儿麻子""辞了众县官，我家去把年来办"等，都是博兴一带的庄户话。唱词中也包含了大量的方言土语，有多用虚字、衬字，有较强的民歌体特色。丰富多样的民间语汇、大段的清口干唱构成了抛腔的典型特色，加之对其他剧种表演形式的广采博取，抛腔拥有了广泛的群众基础。

在二十世纪中叶后，抛腔因种种原因一度沉寂，但剧种及剧目的影响远未消遁。近年来，随着非物质文化遗产的挖掘与保护工作，抛腔又重回大众视野。经过民间艺人和文艺工作者的共同努力，剧种特色得以挖掘与整理，在之前仅有武场伴奏的基础上加入文场乐器，且创排了一批贴近实际、贴近群众、贴近生活的剧目。抛腔也由是成为齐鲁地方戏艺苑中的耀眼奇葩，走出了博兴县，登上了国家级大舞台。

2006 年，抛腔入选山东省第一批省级非物质文化遗产名录。

（二）传统技艺

1. 博兴柳编

柳条变金条

普普通通的柳条到了博兴柳编艺人的手里可就太不普通了，他们能把细细的柳条变成"金条"，这就是柳编工艺的高妙。

柳编是一种古老的民间传统编织工艺，有大约 7000 年的历史，柳编工艺品具有实用和审美的双重价值。博兴一带的艺人把这项工艺传承了下来，据《博兴县志》记载，博兴柳编已有 800 多年的历史，2011 年被列入第三批国家级非物质文化遗产名录。据说博兴一带的先民曾经使用过柳条编制成的柳锅，这种器具是先用柳条

博兴柳编（李兆禄摄）

编成筐篓的形状，然后里外涂上黄泥，用火烧制后就成了可以烧水煮饭的柳锅了。

博兴柳编发祥于兴福镇，到了民国时期逐渐在全县推广，形成地方特色产业，产品远销京、津、江、浙等地。传说兴福镇有一个姓王的小伙子，非常灵巧，农闲的时候就折一些柳条摆弄编织一番。这些柳条在他手里经过三编两绕就成了日常可以使用的筐笼篓箩了，有时他也编一些鸡兔猴鸟等可爱的小玩意儿逗孩子们开心。他编的这些物品又实用又好看，人们都叫他王编。很多人被王编的巧工所吸引，就向他询问是怎么编织出来的，王编一点儿也不吝啬自己的技艺，把自己的柳编方法都教给了大家。博兴盛产柳属植物，取材很方便，跟着王编学习柳编的人越来越多。人们运用从王编那里学会的技巧编织出来的物品除了供自己家使用外，多余的还可以拿去交易。慢慢地，越来越多的外地人知道了兴福镇的柳编制品，并前来购买，柳编也就渐渐发展成了这个地方的特色经济。当地百姓感受到了王编传授的技艺带来的好处，非常感谢王编，为了纪念他，特意为他塑像，并供奉香火。

博兴沿河临海，湖泊沼泽比较多，一向被称为泽国，为杞柳、沙柳、旱柳、劈柳、皮柳、红柳等适于编制器物的柳属植物的生长和柳编的发展提供了非常好的条件。博兴百姓善于发现和运用身边常见的柳条，就地取材，加上他们的心灵手巧，农具、家具、服饰类、陈设类等物品无不可以用柳条编出来，这些柳编生活用品和艺术品造型美观，种类繁多，变化无穷，巧夺天工。在民间艺人们的手中这些再普通不过的柳条就变成了金条,柳编成了部分百姓的主要经济来源。博兴的柳编制品,各村在类别上各有专长,其中筬子多产于魏家、初桥、贾杨、冯家等村,笸箩主要产自城外李、城外王、许刘等村,还有赵马村的鞋笸箩、毛河村的劈圈以及蔺家村的插子等。

目前主要分布在麻大湖畔和锦秋街道的博兴柳编工艺不断创新,呈现出旺盛的生命力,这些精巧耐用、经济环保的柳编制品除了畅销国内,还远销至新加坡、韩国、日本、美国、法国等多个国家和地区。博兴柳编被认为是简单工具与高超技艺的结合,确实是"匠心编柳,妙手生花",柳编技艺的不断提高促进了博兴的经济发展和社会影响,柳编之乡已是遐迩闻名。

2. 渤海海盐滩晒工艺

海盐传奇

无棣的渤海海盐滩晒工艺是天地自然之利和人力造作之工的结合,2016 年入选山东省省级非物质文化遗产代表性项目扩展项目名录。海盐是大自然给人类的宝贵馈赠,由于生产原料充足而成为各种盐类中产量最高、生产规模最大的盐种。早在夏代,无棣就是海盐的重要产区,制盐业历来是无棣的重要产业,盐业的发展对无棣的经济产生了深远的影响,现在无棣县是全国海水制盐第一大县。

唐宋以前,人们一般运用海卤煎盐的方法制取海盐,宋元以后,滩晒制盐慢慢取代了海卤煎盐,从而大大提高了海盐产量。无棣的海盐制造工艺经历过一次很大的转变,这次转变是

无棣渤海海盐滩晒工艺

一个福建的盐民带来的。《古今鹾略》卷一《山东盐志》记载了这件事，当初有一个福建的盐民长途跋涉来到无棣，发现这里有天然的制取海盐的优异条件，他看到当地盐民用的海卤煎盐的制盐方法出产量比较低，于是他把滩晒海盐的工艺无私地传授给了当地盐民。无棣盐民高淳等人根据福建晒盐师傅教的方法，开始尝试滩晒海盐。他们在平坦的海边滩涂修建了一个盐池，把盐池分割为大、中、小三段，依次灌入海水，经过风吹日晒，海水自然蒸发结合人工调节，十几天后海盐慢慢结晶而出，滩晒海盐试制成功了。试晒成功后，众多盐户也开始采用这种比刮泥淋煎的海卤煎盐更简便、出盐量更高的新方法，于是海盐滩晒遍地开花。到清康熙十八年（1679），滩晒制盐方法被推广到了无棣的各个盐场，然后就一直延续了下来。

无棣濒临渤海湾，有很长的海岸线，渤海海水含盐量高，无棣沿海地区地势平坦，滩涂面积大，并且是泥沙布底，光照充足，具备制作海盐的天然优势，非常有利于长时间晒制海盐。《天工开物》有无棣的晒盐记录：明洪武三年（1370），海丰（今无棣）有人把海水引入盐池，经过风吹日晒，海水凝结成盐，极大节省了人力。

现在无棣的盐田虽然已运用了现代化机械设备，但依然是沿用滩晒这一古老的工艺原理，滩田构造、物理净化、生物净化等依然保留着海盐滩晒古法，保持着绿色、低碳、生态的特点。

3. 踩鼓刘制鼓
好鼓踩出来

皮鼓是我国人民在重要的庆典和大型的节日里最常见的打击乐器，优质的皮鼓击打出来的乐曲欢快喜庆，具有很强的感染力。好鼓需要有好的制鼓技艺作保障，制鼓的技艺有很多种，你可曾听说过"好鼓踩出来"？这就要说一说鼓声响遍全世界的惠民县魏集镇踩鼓刘村的踩鼓。

明朝成化年间，有一个叫刘恩的人从河北省枣强县迁徙到惠民魏集定居下来，刘恩会踩鼓这门技艺，于是就以自己的手艺和姓氏给居住的村子取名为踩鼓刘。刘恩把踩鼓这门技艺教给了村里其他想学这门技艺的村民，慢慢地到村里来购买皮鼓的人多起来了，踩鼓技艺成了村民收入的一个重要来源，于是踩鼓这门技艺在踩鼓刘村就一辈辈传了下来。后来正德年间的一次黄河决口把村子冲为了两段，一分为二后的踩鼓刘村南段村叫前踩鼓刘，北段村叫后踩鼓刘。

踩鼓刘踩鼓最盛的时候是在明末清初，当时村里的踩鼓作坊有五六十家之多，往往年末一进腊月，村

踩鼓技艺（王祖林供图）

里的制鼓匠人就要全家一齐上阵，紧锣密鼓地赶制买家定做的各种形制的鼓。踩鼓选料特别讲究，硬质枣木、槐木和桑木是鼓腔的最佳选料，上等鲁西黄牛皮则是鼓面的最好选择。踩鼓制鼓的工序很多，有画鼓腔样、拼接鼓身、刨鼓腔口、蒙鼓皮、安踩鼓架、踩鼓，每道工序都需要精心细致，丝毫马虎不得。在这一系列复杂的工序中，踩鼓是非常重要而且特别有趣的一个环节。牛皮被蒙到鼓腔上后，要形成音质好的鼓面，必须最大限度地把牛皮拉紧。要达到这个标准那就需要人站在鼓面上均匀地用力踩，通过不断踩踏使鼓皮松弛，然后把松弛了的皮鼓面拉紧，再接着踩，然后再继续拉紧鼓面，再用力踩，这样反复多次后，最终做出来的皮鼓，不论是腰鼓、手鼓、堂鼓、

抬鼓、战鼓、书鼓等不同种类，还是不同大小，都会音质清脆、洪亮，经久耐用。

2013 年，惠民县制鼓技艺入选山东省第三批省级非物质文化遗产名录。踩鼓是一项很烦琐的制鼓工艺，劳动强度比较大，延续至今从事这个行业的人不多了，但是踩鼓刘有些手艺人仍然坚守踩鼓制鼓的技艺，努力让踩鼓这朵民间技艺中的奇葩继续绽放。

4. 蓝印花布

陪嫁压箱布

在滨州很多县区，姑娘出嫁时，衣被箱里必定会装有"凤凰穿牡丹"或"龙凤呈祥"的蓝印花布被面当作陪嫁压箱布。相传蓝印花布的"蓝"字与"拦"字谐音，有将妖邪与灾祸拦截在外的寓意，以祝愿女儿平安幸福。旧时的蓝印花布是一种小康生活的象征，只有富贵人家才用得起染料染布，穷苦人家只能穿未经染色处理的粗麻旧衣。家里有女儿出嫁时，母亲才会为女儿准备用靛蓝布做成的饭单和蓝印花布被面，被称作压箱布。

蓝印花布又称药斑布、印花布、拷花布、豆面子花布、花点子布，是中国民间一种传统的手工印花织物。蓝印花布，系靛蓝染色而成，而靛蓝则是从蓝草中制取而来的一种天然植物染料。根据多地葬墓中出土的蓝印花布残片可以推测，中国蓝印花布的出现应不晚于汉代。北魏贾思勰所撰《齐民要术·种蓝》中则保存有世界上最早的蓝靛制备工艺的文字记载。蓝印花布制作工艺遍布我国的南北，南方以江苏南通蓝印花布见长，而北方的蓝印花布，当属山东兰陵、滨州博兴一带，北方的蓝印花布多是蓝地白花，到了江南地区则是白地蓝花。

蓝印花布制作技艺在滨州地区有着悠久的历史和丰富的文化底蕴，至今在博兴、沾化等地还保留有较为完整的蓝印花布印染作坊。流传于滨州的蓝印花布主要采用镂空花版印染工艺，属物理刻版漏浆防染印花法，系用石灰粉或豆粉合成灰浆，透过花版印于坯布之上，再经蓝靛染色制作而成，可一版多印。蓝印花布的制造，包括纹样设计、刻版、上桐油、漏版印花、和浆、刮浆、晾干、染色、刮灰等多道工序，染色阶段的工艺尤其繁复，有"三分印七分染"之说。

滨州地区蓝印花布以蓝底白花为主，图案设计根植于丰富多彩的民间生活，饱含浓郁的乡俗民情，吸收剪纸、刺绣、年画等民间艺术元素，花样极多。人物类有百子图、寿星图、以及"董永与七仙女"等民间故事或民间戏曲人物；植物类有牡丹、梅、兰、竹、菊、莲叶、菱花、瓜果等；动物类有十二生肖、凤、狮子、麒麟、喜鹊、鸳鸯、仙鹤、蝙蝠、鲤鱼等；器物类有果篮、花瓶、如意、长命锁、古钱、金锭等；几何图案有鱼鳞、太阳、月牙、波纹、云头、回纹等；吉祥文字有福、禄、寿、喜、长命富贵等。作为古朴素雅的百姓日常生活用品，民间通常用蓝印花布制作包袱皮、门帘、蚊帐、墙帷、桌布、围裙、头巾、肚兜、被面、褥面、枕巾，以及各式男女服装。

2006年，博兴县蓝印花布印染技艺入选山东省第一批非物质文化遗产名录。

5. 莲花灯

全国两处手工莲花灯之一

莲花灯是流传于滨州的一种花灯制作技艺，当地民间有在元宵节扎制莲花灯的习俗。滨州莲花灯制作技艺的起源不晚于明代，由惠民县魏集镇的周氏家族世代传承至今。相传，自明代起，魏集周氏就祖祖辈辈以扎制灯笼为业。位于惠民县魏集镇的魏氏庄园，原为清代魏氏家族的私人住宅。据说，周家前后有六代匠人，为魏氏庄园的魏府扎制过灯笼。从明清至近现代，滨州一带的大家富户都以能挂上这种聚财气、聚人气的莲花灯为荣。在旧时代，普通人家根本挂不起制作精美的莲花灯。直到新中国成立以后，莲花灯才走入千家万户，真正成为寻常百姓家中欢度元宵佳节的喜庆灯。

莲花灯由高粱秆、竹签以及红、黄、绿三色彩纸扎制而成，需要经过扎骨架、捻花瓣、剪穗头等十多道工序。制作莲花灯，首先要把长短粗细合适的高粱秆和竹签扎起来做灯架。高粱秆很容易被折断，弯曲成形时，需要特殊的技巧。细竹签是由劈开的竹篾慢慢打磨而成，至粗细合适为止。灯架扎制成形后，再糊上白纸，莲花灯笼的坯形就基本固定。莲花灯外部花瓣的制作需要三道工序：先把大小合适的多层彩纸用绳子固定在花轴上，待压出花瓣纹路之后取下，再顺着纹路将一头捏起来，一片片花瓣就完成了。将制好的花瓣一头抹上糨糊，然后粘在灯架上，花头朝下一层一层叠加。整个莲花灯一共要用66片花瓣，上下粘8层，使花瓣遍布灯身。灯身上粘满莲花瓣后，再把莲花装饰和荷叶一起固定在莲花灯上面，而莲花灯的下面还要缀以嫩黄色的穗头，作为莲花灯的花蕊。剪穗头较为简单，把黄色彩纸叠好，一条一条地剪，剪好后顺势一抖，穗头即刻整齐展开。

清代让廉《春明岁时琐记》曾提到过清代北京灯市中的莲花灯："市中卖各种花灯，皆以纸作莲瓣攒成，总谓之莲花灯。"清末富察敦崇撰《燕京岁时记》亦载："市人之巧者，又以各色彩纸制成莲花、莲叶、花篮、鹤鹭之形，谓之莲花灯。"而今南京夫子庙和山东惠民县等不少地方还保存着传统莲花灯的制作技艺，南京等地莲花灯的花瓣大都朝上，而惠民县的这种莲花灯的莲花瓣则向下，不仅覆莲式的造型与众不同，而且工艺也独树一帜。滨州莲花灯主要有八卦莲花灯、鱼灯、元宝灯、风灯、水灯、滚灯等多种类型，风灯可以迎风升空，水灯可以随水漂流，滚灯在地上来回翻滚之后，灯里的蜡烛仍可照常燃烧。所制花灯，最小直径仅0.10米，大的能超过1.50米。

2009年，莲花灯制作技艺被滨州市人民政府批准列入第二批滨州市非物质文化遗产名录。2021年，滨州莲花灯制作技艺入选山东省第五批省级非物质文化遗产代表性项目名录。

6. 鲁绣

绣花功夫出信绸

信绸即阳信所产锦绸，是阳信民间的传统丝织品。阳信由于蚕桑兴旺，自古丝织业发达。相传，远在殷商时期，薄姑氏人就在阳信这块土地上植桑养蚕，并且后世逐渐形成了以薄姑或蚕姑为崇拜对象的蚕神信仰。1926 年的《阳信县志》记载民间谚语说："先有薄姑祠，后有信阳城。"这里的信阳城就是阳信故城。直到近现代，每年正月十六日，阳信民间还保留妇女祈蚕的习俗。

在清代，信绸已经成为名冠齐鲁、誉满天下的阳信地方特产。过去在阳信民间，绣花作为女性必学的功夫，被称为女红。每家每户都有一种叫作撑子的绣花架子，通过这种特殊的工具代代相传，鲁绣工艺也随之发扬光大，经久不衰。女子们三五成群聚在一起，在撑子上飞针走线，用不同的技法在衣裙、手帕、被褥、肚兜、嫁衣等各种布料上绣出美丽的图案以及具有各种寓意的吉祥纹样。这些图案和纹样丰富多彩，栩栩如生，表达自己对亲人的真挚祝福和对美好生活的热切向往，也展现了妇女的心灵手巧。

阳信鲁绣绣工平整亮丽、虚实结合、凹凸有致、水路清晰，多以暗花织物作底衬，以彩色加捻双股衣线为绣线，针法极其丰富。绣女们选取民间喜闻乐见的人物、鸳鸯、蝴蝶和芙蓉花等内容，把对大自然的热爱及未来美好生活的向往，都融入一针一线的绣品中。

随着时代的变化与进步，传统鲁绣的布料和技法都有所变化和发展，但不变的是美女们对鲁绣的热爱。她们把人间的美景、天上的彩虹，皆绣进了手中，无论春花秋月，还是夏雨冬雪；无论林中自由自在的鸟，还是池中无忧无虑的鱼，只要蓬勃如朝日，只要灿烂似晚霞，她们都可以将它绣出来。

鲁绣根植于阳信民间，经代代传承沿传至今。20世纪七八十年代，阳信县水落坡兴起收购古家具之风，鲁绣也作为一个新的门类成为人们的收藏佳品。近年来，鲁绣保持旺盛的生机活力，一批高质量、高水平、带有时代气息的鲁绣产品不断被研发出来。2019年，阳信县被授予中国鲁绣之乡称号。

7. 博兴布老虎

缝出千样虎

博兴县地处黄河三角洲，早在几千年前已有人烟聚集，为殷商时东方大国蒲姑国治所所在地。这里是汉孝子董永的故里、吕剧的发源地，民风淳朴，文化积淀丰厚。布老虎在博兴流传已久，渊源已无从细考，只有艺人代代相传，至晚可追溯到明洪武年间。当年朱元璋的军队横扫大江南北，所向无敌。进入山东后，见人就杀，见房就烧。博兴境内一家因门前摆有一对石虎而幸免于难。事后得知，朱元璋属虎，凡供虎、崇虎者均可免杀身之祸。消息迅速传开，博兴家家户户买虎供虎，来不及就用布缝制老虎供奉。结果，凡是家中供奉老虎者均免杀身之祸了。次年，明军大举北进，逼迫摇摇欲坠的元王朝步步北

博兴布老虎（李兆禄摄）

溃。山西的难民纷纷南下，有些在博兴定居下来。他们带来不同地域文化习俗的同时，也丰富了布老虎的内容与工艺。

此后，在相对安宁平稳的时代里，作为镇宅的吉祥物，布老虎日益受到人们的宠爱，并一直延续到清朝末年。布老虎按制作工艺日趋完善，内容也逐渐丰富。后来，布老虎按用途分成了实用和供奉两类。实用类主要为儿童鞋帽的老虎造型，博兴县农村主妇人人都会制作。供奉类主要为布艺老虎，其形状相同，只是大小不一，是摆放在家庭中供奉的吉祥物。能制作的艺人很多，但一直没有形成商品。民国以后，随着现代科技的进步和外来文化的影响，制作布老虎的艺人日益渐少，只有实用的虎帽、虎鞋、虎枕头等在农村还能常见。1980年以来，随着人民生活的改善，童装工业兴起，实用布老虎也渐渐退出历史舞台。伴随文化产业的兴起，博兴县文化部门关注民间艺术的发展，号召部分艺人与时俱进，以变图存，对布老虎的制作技艺重新挖掘整理，以迎合时代需求，使布老虎这一古老民间艺品重振雄风。如供奉用布老虎，成了象征吉祥的工艺品，又走进了城乡人们的生活。

进入 21 世纪后，布老虎更加丰富了人们的精神生活，人们在房间的显眼位置，摆上了吉祥虎、镇宅虎、对对虎、情人虎、双头虎、四头虎、团圆虎、欢乐虎等多种形态和文化内涵的布老虎，并把制作各种各样的布老虎发展成为一种产业，批量生产后，不但在国内销售，还远销韩国、日本以及东南亚和欧美国家，丰富着不同地域、不同民族、不同肤色和不同国家的人们的精神生活和物质生活，受到广大消费者的欢迎。2011 年，博兴布老虎入选"到山东不可不买的 100 种特色旅游商品"。

8. 阳信面塑

捏面人

面塑实际上就是馍，但又不是一般的馍，是用糯米粉和面加彩后，捏成的各种人物和动植物造型。面塑主要出现在嫁娶礼品、殡葬供品中，也用于寿辰生日、馈赠亲友、祈祷祭奠等方面。农家把已蒸好的各种面塑花摆在诸神前，其中猪头形面塑俗称"大供"，另外还有花模、花果模、礼模、馍玩具等。制面馍的工具十分简单：白面、剪刀、菜刀、梳子、红枣、花椒等，只要掌握好发面技术，按照式样进行捏制，一个鲜活的

面塑作品

面模形象就会脱颖而出。

　　面塑分广义和狭义两种。广义上的面塑，即大众化的面塑，是可以食用的面塑。狭义的面塑，俗称捏面人，是从广义的面塑中演变而成的一种专门制作出来用来收藏和欣赏的手工艺品的艺术。在中国文明历史的长河中，体现了人类在思想和实践上所能达到的智慧高度。我国传统的饮食文化源远流长，宋代《梦粱录》中曾记载着把面塑用在春节、中秋、端午以及结婚祝寿的喜庆日子。现在逢年过节阳信还有带面塑馍走亲访友的习俗。

　　面塑本是一种街头民间工艺，被引进餐饮殿堂之后，它也和食雕一样，担当起点缀和美化菜肴、烘托宴席气氛的作用。阳信县这种狭义上的面塑民间工艺历史原来没有文字上的记载。二十世纪三四十年代，阳信县西部温店镇温店街的夏德印，在外地学到了面塑艺术，回家后传给本村的温成明。温成明学成后，又将这门手艺传给了他的弟弟温成亮。他们兄弟二人的面塑色彩鲜明，手法细腻，无论是人物形象，还是衣饰容貌，无不逼真传神，栩栩如生。

现在温氏面塑中的"一印、二捏、三镶、四滚"和揉、捏、揪、挑、压、搓、滚、碾、剁、拨、按、切等技法绝活都很好地传承下来了，《西游记》《杨家将》《三国演义》等传统名著中的数百个典型人物的面塑，栩栩如生。温氏面塑不仅在阳信有一定的知名度，而且在阳信周边的乐陵、惠民、无棣等县市也久负盛名。2007年，阳信面塑入选首批滨州市非物质文化遗产名录。

9. 阳信锡壶

围炉化锡

锡之为器，自上古延绵至今。现在社会上还存在着诸如锡壶、锡灯盏之类的老家什。那些和我们祖辈们朝夕与共的老锡器，以及它们所展示的旧时生活摇曳多姿的琐碎细节，仍在我们的生活中不时地显现。

阳信锡壶等锡器制作历史悠久。清末民初，阳信县商店镇桑北陈村魏发祥卖掉十亩好地做学费，刻苦用功，学到了锡壶制作技术，打造的锡制工艺品逐渐远近闻名。除了打制锡壶外，他还为紫砂壶装置锡嘴，在紫砂壶的壶嘴底部粘贴上虎嘴、狮嘴、青蛙嘴等图样的锡器装饰，精巧别致，别具一格。为防止他人冒名仿造，魏发祥为自己的产品创立了字号——顺盛祥。二十世纪二十年代至五六十年代，魏发祥一家已发展为一个家庭式锡器制作的小作坊了。

锡器艺人做锡壶，是先在炉火盛旺的炉子上砂锅里将锡化成锡水，再将锡水倒入早已准备好的两块老青砖的夹缝里（夹缝的厚薄视要求，运用粗细不等的麻线隔离)，冷却后做成锡片，然后根据所作物品大小形状，剪出样子，经过锤锤打打做出外形，接着用烙铁烙好接缝，然后放在镟床上抛光处理，刻上各种人物、花鸟走兽的图案。如今阳信锡器艺人能做出100多种样式的作品。作品被一些从事艺术品生意的人销往北京、天津、济南、东营、滨州等众多大城市，还有的远销韩国、德国。

2013年，锡壶制作技艺入选山东省第三批省级非物质文化遗产名录。

10. 武定府酱菜

陈毅点赞的贡呈小菜

滔滔黄河，绕河套，夺龙门，一路汹涌澎湃地走来。当大河行至惠民县清河镇时，河道忽呈南北走向，拐弯处有一处深潭，名叫白龙湾。素有"开了白龙湾，先冲武定府"的说法，武定府就是指惠民县，位于白龙湾的北岸。一提起武定府，自然会想起武定府的来历和驰名神州的武定府小菜。

明宣德元年（1426），因武力平定汉王朱高煦之乱而将乐安州改为武定州，以后武定州升为武定府。提起武定府来，人们不由自主地想到武定府小菜，情不自禁地啧啧嘴，那甜丝丝、香喷喷的滋味从心底冒出来。

在解放战争中，华东野战军司令员陈毅同志来到惠民古城。吃晚饭时，人们向陈毅介绍起餐桌上的武定府酱菜——酱磨茄，酱包瓜。陈毅品尝后，赞不绝口："没想到武定府还有这么好吃的酱菜，酱香浓，味道美，这是我吃过最好的酱菜。"

家国情怀、红色基因，成为武定府酱菜人坚持的传统。武定府小菜曾运往朝鲜慰问中朝人民军队，对世界革命做出了贡献。1957年，磨茄、包瓜等武定府酱菜作为渤海革命老区人民的献礼，出现在人民大会堂的国宴餐桌上。几年间，武定府酱菜连续获得省优、部优称号，1988年在全国首届食品博览会上夺得铜牌，武定府酱菜成了惠民县地方名、优、特产品。多年来，尽管武定府酱菜的创建东家、业主、掌柜、经理、师傅，随着时代的变迁而不断更换，但产品制作、质量要求仍是按照古老的传统工艺标准酱制、加工，一直到现在"还是那个味儿"。二十世纪八十年代初，惠民县向国家申请注册了武定府和仙泉居商标。酱菜的酿造工艺精湛，流程操作娴熟，其酱香浓郁的味道经久不退，让人吃过以后余味缭绕，念念不忘。

武定府小菜历史悠久，距今已有350余年。早在明朝就有几家酱菜作坊，已有酿造酱菜很高的技艺，它具有色泽鲜艳、咸中带甜、甜中微咸、酱香味浓、清香可口的特点。它尤其以仙泉居酱园的小菜为最佳，曾多次向朝廷进贡（康熙、雍正、乾隆），故而赢得了贡呈小菜的美称。

现在的武定府酱园的前身是仙泉居，仙泉居的前身是仙园居，早在1624年就建立了酱菜作坊。接着元香斋、大同等几家作坊也相继开了业。那时，武定府城地处省城通往京都的交通要道，南北商旅往来络绎不绝，还是进京赶考的举子必经之地，水路有黄河，为经济振兴发挥了很大作用。当时武定府是在省的直接管辖之下，一府管三州、一州管三县，因此当时的武定府城是商贾云集、货物集散之地，这就促进了武定府的市面经济、酱菜业的兴盛。直到清朝末，各家酱菜字号分赴济南、天津等地延聘良工名师，提高技艺，展开相互竞争，进一步促进了当地酱菜业的繁盛，在当时的竞争中有八大家酱园较有名气，并延续至今。

11. 魏集驴肉

乐安官衙百味之冠

俗话说："天上龙肉，地下驴肉。"驴肉美味，人所共知，惠民魏集驴肉历史悠久，远近闻名，深受当地群众及外地游客的喜爱。

相传南宋建炎二年(1128)，乐安城(今惠民县城)关帝庙大殿落成，百官聚集朝贺。盛筵之上，佳肴繁多。唯看驴肉受人青睐，被推为百味之冠。清同治十二年（1873），当时的县令吃过魏集驴肉后，觉得是天下至味，于是把魏集驴肉作为贡品，举荐至京城，想让皇帝享用。同治皇帝品尝后龙颜大悦，钦点为御厨专用膳食。自此，魏集驴肉进入京城皇宫御膳房，魏集驴肉的名声在全国传扬开来。魏集五香驴肉的制作过程：先将洗净的驴肉断成大块，放入锅内，加入适量的水和一定比例的百年老汤（以往煮肉的汤汁）。锅内放一个布袋，内装芳香看药一剂：有白芷、八角、肉蔻、丁香等十几味香料。药方剂量适度，配搭讲究，有的添香味，有的去腥膻。然后，急火煮三小时左右，开始视肉肥瘦采取除油或添油的措施。这时，汤中会生出一层薄油，罩住热气不易蒸腾。将肉压入汤内，改用文火焖蒸四五小时即可。这样煮出的驴肉色鲜味美，浓香四溢，有肥而不腻、瘦而不柴、烂而不散、营养丰富等特点。用独特秘制方酱出的五香驴肉，有"四邻闻香，百步扑鼻"之说，是惠民县的一道地方名吃。全驴宴更是惠民一绝。

魏集驴肉还有驴板肠、驴心、驴肝、驴尾、驴肺、驴血等20多个品种的美食，精工包装，配以礼盒，均为上乘馈赠佳品。2021 年，魏集驴肉入选 100 个"好客山东网红好物"名单。

12. 锅子饼

邢家不出摊，滨县不起会

锅子饼是滨州传统名吃，由清朝末年滨城西关邢业者初创，故又名"邢家锅子饼"，已有百余年历史。《滨州地区志》《山东省志》中都有"邢家锅子饼"是滨州地方名吃的记载。

邢家锅子饼呈长方形，以其做法精细、食之酥而不硬、香而不腻、味鲜可口、老少皆宜而久负盛名，是最具特色的地方小吃。早年，凤凰城有个说法："邢家不摆案，西关会不起。""邢家不出摊，滨县不起会。"一层意思是说每年九月二十四滨县、西关起会，邢家要拿三分之二的会费雇戏班子，没有邢家戏班子雇不来，会起不成；二层意思是说四乡赶会的人不光是来听戏，还要吃盘邢家锅子饼，有道是："不吃邢家锅子饼，不算到过凤凰城。"

据记载，清朝末年，滨城西关熟食业户邢氏夫妻率邢振普、刑振山、刑振江、邢振海四子，以经营包子、千层饼为业。当时卖包子业户很多，邢家竞争不利，逐改为专卖纯面食的千层饼，后为了食客方便，演进为把炒菜拌匀后卷入饼内，再切为两段，薄饼卷馅盛盘入席，香气入鼻，顿开胃口，还可带回家宴客或孝敬老人，深受顾客欢迎，遂广闻于武定府所属各州县及济南府。当时有"邢家饼子张，烧饼果子不吃香"之说。这样，他们继承父业，融饼和包子的优点于一身，做成了一种独具特色的面食。邢家锅子饼传至第三代有邢滨、邢承、邢志、邢芬、邢华、邢彰、邢朋、邢昌、邢荣等，现已传至第四代、第五代，从祖辈至今已有百余年的历史，有百年老店的美誉。

美味的锅子饼制作起来并不复杂：将面粉和制成软如糖稀的面团，再以三两软面，做成两个小饼，中间抹上油摞在一起擀成直径为三十厘米的双层薄饼，然后把薄饼烙至黄色麻子花状，中间凸起，迅速取出，置于盖有面垫的容器中备用。馅一般按每斤饼豆腐八两、熟猪肉（或熟牛、羊、鸡肉）三两、鸡蛋三个、香油一两半、盐一钱，撒上芫荽末，最后把两张饼揭

邢家锅子饼

开，以烙里面为主，在锅内卷上馅，卷成圆筒状，在干锅子内稍煎，切成两段后即可。锅子饼还可以卷上香椿馅或韭黄、海米、三鲜馅及适合人们口味的其他馅。

"鲈肥菰脆调羹美，麦熟油新作饼香。"在制作饼皮时，要选新麦磨的面，新黄豆榨出的油以及鲜葱，这样做的饼出味，柔韧细腻。"菜把青青间韭苗，茴香盐白自烹调。"做饼的馅要用刚割的韭菜、新掐的小茴香叶、细盐等，最后支铛（带沿的平底锅）煎饼，卷馅，滑脆馅多、咸鲜适口、香而不腻、填馋解饿。

起初，物资匮乏，交通、通信不便，有人出远门，家人担心在路上饿了不能及时找到吃饭的地方，就用耐消化、顶饥的猪头肉、猪大肠作馅。现如今，锅子饼也做出了花样，原先做皮用小麦面，现在也可用玉米面、荞麦面，或几种面混和。馅的原料则更为广泛，如虾仁、鱼丁、鸡片、肉丝、荠菜、香菇、木耳等，或几种原料调拌在一块。原先的谋生小本生意，也变成了品牌连锁快餐；肆舍饱腹之物成了雅堂之食，来滨城，不尝尝锅子饼真可谓不成一游。

（三）口头传统

1. 董永传说

七仙女下凡

（女）树上的鸟儿成双对，（男）绿水青山带笑颜。

（女）随手摘下花一朵，（男）我与娘子戴发间。

（女）从今不再受那奴役苦，（男）夫妻双双把家还。

黄梅戏《天仙配》中的这一唱段家喻户晓，人人会唱。《天仙配》扮演的是西汉时千乘（今博兴）县董永与七仙女的爱情故事。

传说西汉时期，千乘县有一个叫董永的小伙子，自幼丧母，是父亲把他辛苦拉扯养大。董永渐渐长成了一个身体强壮、心地善良的小伙子，父亲也因多年的劳累病倒了。董永丝毫不嫌弃年老多病的父亲，辛勤劳动，尽心侍奉父亲。他担心父亲一

个人孤独，就时刻陪伴父亲，和父亲一起吃饭，一起睡觉，甚至下地种田，都要用鹿车拉着父亲，真正做到了形影不离。董永的孝行传遍了乡里，他深受人们敬佩。

董永不辞辛苦地劳动，挣来的钱都给父亲抓药治病了，日子过得非常贫穷艰难，因此董永早已到了婚配年龄，但根本没有媒人上门提亲。父亲看在眼里，疼在心里，不忍心再拖累儿子，就说："你不要再管我了，你一个人过吧。"董永说："你养我小，我养你老。我怎么会撇下你不管呢？"

父亲去世后，董永没有钱收殓埋葬父亲，决定卖身葬父。他来到当地有名的大户人家，对主人说："我父亲不幸去世了，但是我没有钱安葬他老人家。我想把自己卖给你们家当奴仆，用卖身钱来为父亲办丧事。"这家主人知道董永是远近闻名的孝子，就给他一万钱，让他为父亲治丧。董永拿着钱，心里有了主张。

董永为父亲办完丧事，按照礼节，在父亲坟墓边搭建了一个草庐，吃住在里面，守孝三年。丧满后，董永决定兑现自己从主人那里拿钱时的诺言，那就是到主人家去当奴仆服劳役，来偿还那一万钱。

在路上，董永忽然遇到一位年轻美丽的姑娘。姑娘好像故意找碴似的，不让董永过去。董永说："这位大姐，我和你素昧平生，为什么挡住我的去路？"令他万万没想到的是，姑娘说："我想做你的妻子。"董永说："我是一个穷汉，欠了一屁股债，你嫁给我会受苦的。"姑娘说："不怕，我们都有勤劳的双手，到时你种田，我织布，你挑水，我浇园，还愁还不上债，过不上好生活？"董永又说："虽然这样，但是没有媒证之人，于礼不合。"姑娘听后，偷偷地用手中扇子对着地面扇了三下，土地公公从地里钻出来，笑呵呵地说："我看你们两个很有缘分，我愿意为你们主婚。"董永说："有了主婚人，但还缺少媒人。"姑娘指着路边的一棵古老的槐荫树对董永说："你向这棵槐荫树连问三遍，它就会做我们的媒人。"董永很是纳闷，但也只好连问三声："槐荫树，槐荫树，我要与这位大姐结为夫妇，请你为红媒，你可开口讲话？"刚问完第三遍，姑娘用扇子朝着槐荫树连扇三下，突然，槐荫树干上现出一个老人头，开口说道："你与大姐成婚配，槐荫与你做红媒。"旁边的土地公公说这是天赐良缘，董永感到不可思议，认为既是天意，也就在土地公公的见证主持下，与姑娘就地拜了天地结为夫妻。

董永和姑娘说明自己的打算，姑娘夸他诚实善良，愿意跟他一起到主人家做长工还债。来到主人家，董永讲明来意，主人说："我敬佩你的孝心，因此那钱是我送给你的，不用还。"董永说："多亏您的帮助，我父亲才得以安葬。我虽然是个低贱无用的人，但一定会竭心尽力来报答您的厚恩厚德。"主人看推辞不掉，说："我现在需要一百匹细绢，你妻子会纺织吗？"姑娘说："会纺织。"董永说："会纺织。"主人说："如果你一定想报答我的话，不必做长工，就请你妻子为我织一百匹细绢吧。"于是董永的妻子就为主人家纺织，只用了十天就织成一百匹细绢交给主人。

离开主人家，回家的路上，董永纳闷地问道："娘子，你怎么这么快就织成了这么多细绢？"姑娘说："我是天上的七仙女。你天性至孝，感动了上天，天帝命令我下凡，帮你偿还债务。"董永夫妻高高兴兴返家途中，突然狂风大作，天兵天将传下玉帝圣旨，限七仙女午时三刻返回天庭，否则，将七仙女押回天庭，并将董永碎尸万段。原来，天帝只是让仙女帮董永还债，并没有让她和董永结为夫妻。但是七仙女被董永的孝行诚信勤劳所感动，私自做主与董永结为夫妻，违犯了天条，天帝下令抓她回天庭。七仙女不忍丈夫无辜受害，只得以实情相告，怀着悲愤的心情，返回了天庭。

董永传说在西汉刘向的《孝子传》、三国曹植的《灵芝篇》、东晋干宝的《搜神记》中都有相关记载。山东省嘉祥县东汉武氏墓群石刻中也有董永鹿车载父、田间劳作的情景。博兴县有许多与董永传说有关的文物遗址和文化遗迹，如博兴县陈户镇出土了与董永身世有关的文物、碑碣等；在锦秋街道湾头村，还有传说中的董永与七仙女的爱情见证老槐树——媒仙。并形成了大量脍炙人口的民间故事，如董永系列传说故事，舞剧《董永》、吕剧《圣贤楼》《孝子董永》等优秀作品。2008 年，董永传说入选第一批国家级非物质文化遗产扩展项目名录。

2. 龙递虎押

娶亲门顶放红砖

滨州有这么一个风俗：结婚时，新郎家用红纸包裹两块红砖，放在家门楼的顶上。老人们讲，别小看这两块红砖，那可是龙虎二将，有他们把门，百邪不侵，新媳妇过门大吉大利。据说这个风俗和宋太祖赵匡胤有关。

赵匡胤没有当皇帝之前，遍游天下，结交英雄好汉。这天，他和精通奇术异法的好友苗光义来到邹平张家寨，恰巧遇见一户人家张灯结彩，准备娶亲。苗光义定睛观看，看出有不祥之气，说道："今天是五鬼作乱黑道日，为什么这家人娶亲选了这个日子？今日迎新三年内必定家败人亡。"赵匡胤不服，说："你又在胡说，人家娶亲哪有不请高人占卜日子的道理。"两人争执起来，互不服输。于是击掌打赌，三年后再来验证。又恐三年后无凭无证难以寻找，赵匡胤随手从地上捡起两块红砖，扔到这户人家的门楼顶上，方才离去。

三年后，赵匡胤当了皇帝，突然想起这件事，派人到张家寨察看。使者来到张家寨，按照赵匡胤所说的记号，找到这户人家。只见全家喜气洋洋，高朋满座。使者一打听，原来这户人家双喜临门：一是新郎不久前刚考中进士，二是新娘刚添了个儿子。因此亲朋好友都来祝贺。使者随了一份礼，趁机问这家主人说："你儿子娶亲那天应是黑道日，这天娶亲会给家里带来灾难。但你们家反而喜事连连，这是怎么回事？"主人道出了实情：他家原知道儿子娶亲之日是黑道日，但看日子的先生坚持让他们在这天娶亲，说是新媳妇过门之时，有龙虎二将把门，百邪莫侵，大吉大利，日后新郎必定金榜高中，早得贵子，福禄绵长。今日孙儿满月，果被先生言中，只不知那龙虎二将为谁。使者一听，就把赵匡胤与苗光义打赌的事情说了，人们这才明白，原来龙虎是他们君臣二人。

此事传开，周边地区结婚时就留下了这个习俗：新娘过门前必须用红纸包好两块红砖用押在大门顶上，有的地方还用两根红筷子将其别住。这两块红砖分别象征着皇帝、大臣，叫龙递、虎押。新郎、新娘进门时，由青龙、白虎把门，即使有再大的不幸也会逢凶化吉。

3. 醉枣
李之仪与苏轼友情的见证

无棣栽培枣树的历史悠久，号称金丝小枣之乡。古时候，小枣只能晒干储存外，很难保鲜。但无棣人很早就发明了一种小枣保鲜工艺——醉枣。

醉枣又叫酒枣，比鲜枣更加鲜艳饱满，而且枣香酒香相融，清醇芬芳，甘甜酥脆，风味独特。

说到醉枣的发明，据说与西汉渤海郡太守龚遂有关，无棣民间，至今还流传着一段佳话。无棣县境，在汉代属于渤海郡。龚遂劝民卖刀买牛，劝事农桑，这些举措推动了渤海郡经济的发展。府衙后院内龚遂亲手栽种的几棵枣树挂满红枣，龚遂离任回长安时，众人采摘了一些放到他的车上，随行的文学卒史议曹王生置办了几坛家乡好酒塞在车上。回长安的路上，王生觉得小枣占空间太大，便偷偷将一些小枣倒进酒坛里。临近京都长安时，龚遂闻到车里有一股不是酒香，胜似酒香的醇美香甜的味道，和王生一说，王生急忙寻找"味源"，最后发现这种醉人的气味是从酒坛里散发出来的。王生恍然大悟，知道这是小枣经酒泡后散发出来的。顺手从坛中摸出几颗枣一看，枣色鲜润如同刚从树上摘下一样；一尝，甜蜜可口，余香不尽；掰开一看，只见瓤色似蜜，金丝粘连。从此，醉枣的工艺开始传播开来。

到北宋时，无棣信阳李通判村出了个文学家，名叫李之仪，长期在外地做官。李母病重，临终之前托人给李之仪捎去一封家书，还有亲手选摘制作的一坛醉枣。李之仪读完家书，捧着那坛醉枣，悲痛不已。好友苏轼闻听后前来安慰，二人打开醉枣坛子，一股沁人心脾的清香直扑鼻中，只见红枣现琥珀之光，溢琼浆之气，令人满口生津，心驰神往。苏轼捏起一枚醉枣放入口中细细品尝，酒香和着枣香，顿觉齿颊互芬，透体通畅，好像吃了仙果一般。苏轼拿起笔在坛上写下"醉枣"二字。从此，无棣金丝小枣做成的醉枣名扬天下。这小小的醉枣也成了李之仪和苏轼两人友情的见证。这正是：老母临终念游子，醉枣千里情一坛。三杯白酒祭亡灵，长留慈爱在人间。

4. 卸石棚寨大捷

唐赛儿传奇

燕王朱棣打败侄子建文帝登基后，把都城从南京迁到北京，大修宫殿，又组织人力开挖运河，南粮北调，还南征北战，先后在山东征调数十万民夫，人民徭役负担沉重。加上水旱灾害，瘟疫流行，民不聊生，百姓生活十分艰难。

蒲台县（今滨城区）西关唐赛儿自幼跟随父亲习武，练成一身武艺。她生性疾恶如仇，好打抱不平，看到百姓深受官府剥削欺压，决心带领百姓起来反抗，过上自食其力、安居乐业的幸福生活。永乐十八年（1420）农历二月，唐赛儿率众在卸石棚寨揭竿而起。卸石棚寨在益都县境内，峰高数百米，四面是绝壁，易守难攻，是唐赛儿的根据地。

青州卫指挥高凤得到唐赛儿起义的消息，急忙率领官兵前来围剿。唐赛儿乘明军刚到卸石棚寨立足未稳之际，设下埋伏，诱敌深入，将官兵引进了山谷，夜间突然发动袭击，将高凤等人当场击毙，官兵群龙无首，全军覆没。

义军初战告捷，声威大振。在唐赛儿的号召下，周边州县群众纷纷响应，相继攻下莒州、即墨、诸城，又围困安丘。出于对贪官污吏的憎恨，他们毁坏官衙，焚烧仓库，开仓济贫，

唐赛儿雕像

得到了百姓的大力拥护，队伍很快发展至两万多人，大有燎原之势。

　　山东各级地方政府得知唐赛儿义军接连攻破县城，十分惊恐，于是一边火速派使招抚，一边紧急上报朝廷，请求派兵支援。唐赛儿怒斩来使，拒绝投降。明成祖朱棣得到报告后，非常恼怒，亲自选派安远侯柳升为总兵官，都指挥使刘忠为副将，精选5000名京师精锐赶来镇压。临行前，明成祖特别嘱咐柳升："唐赛儿驻扎高山之上，凭险据守，缺乏粮草，更无水道，大军应当稳扎稳打，长久围困，不可贪功冒进。"柳升是明成祖的爱将，因战功获得封侯，一向狂妄自大，根本不把唐赛儿的队伍放在眼里，认为他们只不过是乌合之众，剿灭起来不用费太大力气。唐赛儿利用有利地形，以逸待劳，据险防守，战局一直呈僵持局面。

在力量对比不利形势下，唐赛儿决定利用柳升骄横轻敌的弱点，派心腹韩童儿诈降。韩童儿向柳升献计说："寨中食物快要吃完了，并且没有水。寨东门原来有汲水道，唐赛儿等商量夜间从这里逃跑。"柳升信以为真，亲率主力将旧水道团团围住，这样造成明军营内兵力空虚。唐赛儿见官军中计，集中兵力，夜间率义军突然偷袭敌营，留守的都指挥使刘忠仓促应战，力战致死。唐赛儿趁势杀开一条血路，顺利突围。天亮后，柳升发现上当时，唐赛儿已指挥队伍顺利转移。

虽然唐赛儿领导的斗争最终失败了，唐赛儿也不知所踪，但是她这种敢于反抗、争取幸福生活的精神受到百姓的敬佩，她的事迹广泛流传于滨州、青州一带。滨州人民为了纪念唐赛儿，在滨州城南、滨州黄河大桥以北修建了唐赛儿雕像，成为滨州的标志性建筑；在原蒲台县西关原址即蒲湖水库的小岛上修建了唐赛儿祠，纪念这位杰出的农民起义女领袖。

5. 宰相肚里能撑船

惠民仁义胡同的来历

在惠民县城十字街西南角，有一条东西走向的胡同，这就是有名的仁义胡同。相当年，这里是没有胡同的，那么这条胡同又是怎么来的呢？

清朝康熙年间，在京城做官的李之芳（人称李阁老）的家人要盖一座院子。当时，没有和邻居商量好就动工了。可是到盖院墙的时候占了邻居高家一尺多的地方。高家一怒之下，召集了亲朋好友把院墙推倒，重新垒一墙，占了李家近一尺地基。李家一看大怒，随即又把院墙拆掉。两家你占我一寸，我挤你一尺，你建我推，我垒你拆，针锋相对，各不相让，闹得不可开交。双方争执不休，就打起了官司。后来，高家叫工匠重挖墙基，索性向李家这边挪了二尺，并派人看守着，准备和李家比出个高低来。李家也不示弱，便给李阁老去信，请李阁老和本县官吏打招呼，借助官府权势压压邻居家的威风。不久，李家收到李之芳的回信，信中没有写别的，只是一首诗："千里寄书为堵墙，让他三尺又何妨。万里长城今犹在，不见当年秦始皇。"李家人看后一时难以理解，埋怨李之芳不太好说话，以后又反复琢磨了好多日子，终于领悟出李之芳的确用心良苦，心胸到底比一般人宽广。主动往后退让了三尺，高家见李家主动往后退，很是惊奇，等知道了李阁老的诗后，深深感动，称赞李阁老是宰相肚里能撑船，不甘落后，也主动退后三尺。于是，中间出现了一条六尺宽的胡同，被人们誉为仁义胡同。

6. 八方寺乾隆遇险

孙佃凯发镖救驾

惠民县流传着乾隆皇帝遇险、孙佃凯发镖救驾的故事。

孙佃凯是如今惠民县孙武街道办事处孙武村人，他从小喜好武术，长大后，因武功高强被封为四品内禁护卫，负责保卫雍正皇帝的安全。雍正皇帝驾崩、乾隆皇帝即位之时，孙佃凯恰好在家守孝。他觉得换了新皇帝，自己年岁也大了，就自称年老多病，上疏辞职了。

过了几年，乾隆皇帝为了察访民情和领略江南风光，扮成商人，带着扮作家人的纪晓岚和扮作车夫的金德舆，从京城坐两套马车南下。君臣来到武定府北的八方泊，准备到八方寺用餐休息。孙佃凯听说乾隆帝来到当地，担心出事，于是暗中跟随保护。

乾隆皇帝被八方寺寺门那副"风代僧扫地，月为灯照明"的楹联所吸引，仔细欣赏了一番。寺内方丈空梦听说有从京城来的商人，出来接待。空梦自言云游到此不久，见此寺建在谢恩台上，靠着八方泊，紫烟缭绕，堪称佛家宝地，因此就住了下来。说话之间，一个僧人端上斋饭，君臣三人吃得津津有味。

夜深人静时，空梦方丈心事重重，感觉主仆三人不像一般商人，决定弄清他们的底细。半夜，他偷偷进入君臣三人睡觉的房间，把一个黄包袱拿回自己的房间，打开一看，发现了玉玺，突然明白商人原来是当今皇上。他先是一惊，接着面呈怒容，拔出挂在墙上的宝剑，再次悄悄进入君臣三人的房间，借着月光，举剑向乾隆皇帝刺去！就在这千钧一发之际，忽然从窗外闪过一道寒光，一支飞镖急速飞来，正好击中空梦的手腕。只听"哎哟"一声，"当啷"响处，宝剑落地。金德舆听见声响，猛地跃起，空梦害怕再遭暗算，急忙破门而逃。

原来，空梦本是因文字狱被雍正皇帝杀害的吕留良的儿子吕少良，多年来，他害怕朝廷追拿，出家做了和尚，但为父报仇的念头一直没有放下，不想在八方寺巧遇乾隆皇帝。暗中救下乾隆皇帝的正是孙佃凯。

吕少良逃到院子里，便见一人手持虎头双钩站在院子里，知道是暗算自己的人，也知道自己打不过对方，于是抽身越墙而逃。孙佃凯也不追赶，只对追出房门的金德舆道了声"客官保重"，便也越墙而去。

乾隆皇帝有惊无险，方知武定府乃藏龙卧虎之地，命纪晓岚、金德舆找回玉玺，没敢在武定府久留，匆匆南下。

7. 仙女授梨

阳信鸭梨的传说

阳信鸭梨始于隋唐，到现在已有1300多年栽培历史。宋末元初，阳信开始园林生产和商品经营，并初具规模；明永乐年间（1403—1424），"所栽梨树块块成行，果实累累，四方闻名"。阳信鸭梨因外形呈倒卵形，梗基部突起，状似鸭头而得名。

阳信鸭梨的得名，有一段美丽的神话传说——仙女授梨。相传，梨园一带曾有一处静美的清波湖，七仙女经常来此游玩。一天，她们偷摘了王母娘娘的仙梨，把梨核种在了湖畔。几个春秋过去，岸边长出了几棵郁郁葱葱的仙梨树。见此，仙女们既高兴又忧愁，害怕被王母娘娘责备。这时，一群鸭子从湖中游来，仙女们灵机一动，略施法术，把仙梨的颈部变成鸭头状，仙梨变成了鸭梨。由此，阳信鸭梨被誉为"人间仙果"，名扬天下。

土壤质地、光照时数、无霜期天数等地理、气候特征，为阳信鸭梨生产提供了良好的自然条件。阳信人积累了多年的种植经验，使阳信鸭梨具有色泽金黄、香味浓郁、皮薄肉丰、脆嫩多汁、酸甜适度、耐贮存等特征。现在，阳信鸭梨面积有20多万亩，年总产量达四亿公斤。

自1990年开始，每年4月梨花盛开的季节，阳信县都要在县城西侧的阳信梨园举办一届梨花会。

1998年，阳信县被中国国务院发展研究中心等单位联合命名为中国鸭梨之乡。2013年，原农业部正式批准对阳信鸭梨实施农产品地理标志登记保护。

仙女授梨雕像

参考文献

[1] 政协第十一届滨州市委员会编：《滨州故事》，中国文史出版社2017年版。

[2] 李象润、李沈阳主编：《滨州通史》，山东人民出版社2017年版。

[3] 滨州市文物局编：《滨州文物通览》，齐鲁书社2014年版。

[4] 政协滨州市委员会编著：《滨州区域文化通览》，山东人民出版社2012年版。

[5] 边茂田主编：《古韵流彩》，齐鲁书社2008年版。

[6] 侯玉杰著：《滨州百名历史人物》，山东人民出版社2012年版。

[7] 侯玉杰编著：《滨州百件趣事逸闻》，山东人民出版社2012年版。

[8] 滨州市文化馆编：《滨州民间故事集》，滨州市文化馆1979年印。

[9] 山东滨州文联编：《黄河三角洲的传说》，中国文

联出版社 2000 年版。

[10] 李象润、李靖莉编著：《滨州历史与民俗文化考略》，黄河出版社 2007 年版。

[11] 王蕊著：《齐鲁家族聚落与文化变迁》，齐鲁书社 2008 年版。

[12] 政协山东省博兴县委员会办公室编：《博兴通史》，中国文史出版社 2020 年版。

[13] 政协滨城区委员会编：《滨城区域文化通览》，中国文史出版社 2012 年版。

[14] 政协惠民县委员会编：《惠民区域文化通览》，中国文史出版社 2012 年版。

[15] 政协无棣县委员会编：《无棣区域文化通览》，中国文史出版社 2012 年版。

[16] 邹平市政协编：《邹平乡贤录》，辽海出版社 2018 年版。

[17] 王忠修、钟晓男等主编：《邹平风景名胜》，山东友谊出版社 2017 年版。

[18] 刘海新主编：《阳信民间故事》，天津科学出版社 2016 年版。

[19] 王忠修、宁治春、王海波主编：《邹平历史人物》，山东友谊出版社 2014 年版。

[20] 惠民县武定府文化研究会编：《武定府全志》，广陵书社 2009 年版。

[21] 〔清〕李熙龄纂修：咸丰《滨州志》，清咸丰十年

（1860）刻本。

［22］侯荫昌等修，张方墀等纂：民国《无棣县志》，1925 年刻本。

［23］〔清〕周壬福修，李同纂：《重修博兴县志》，清道光二十年（1840）刻本。

［24］栾钟垚等修，赵仁山纂：民国《邹平县志》，1914 年刻本。

后　记

　　《丛书》（下编）的编纂，是在中共山东省委宣传部直接领导下完成的。省委常委、宣传部部长白玉刚同志统筹策划部署，并担任编委会主任，多次主持召开编委会会议，提出明确目标要求和指导意见。省委宣传部分管日常工作的副部长、省文明办主任、省新闻办主任袭艳春同志对本书的立项出版、风格设计等方面提出了许多宝贵意见。在魏长民、毕司东、程守田、张同海、冷兴邦等同志的大力指导支持下，以教育部人文社科重点研究基地山东师范大学齐鲁文化研究院为学术挂靠单位，组建了《丛书》编纂学术委员会，具体负责编纂学术指导、质量把关、终审定稿工作。山东师范大学特聘资深教授王志民任主任，山东大学儒学高等研究院教授杨朝明、中共山东省委党史研究院原一级巡视员韩延明、鲁东大学原副校长刘焕阳、山东齐鲁师范学院原副院长刘德增任副主任。

　　《丛书》（下编）为每市一卷共16卷，都列为山东省社科规划一般项目。在省委宣传部统一领导下，各市委宣传部负责本市卷的具体组织编纂工作。《丛书》编纂学术委员会制定了统一的《编撰体例》《编撰指导意见》；在主任全面负责下，分为4个片区，各由一名副主任作为首席专家具体指导，杨朝明教授：淄博、泰安、济宁、枣庄；韩延明教授：潍坊、临沂、日照、菏泽；刘焕阳教授：青岛、威海、烟台、东营；刘德增教授：济南、聊城、德州、滨州。各市委宣传部认真落实省委宣传部、编纂学术委员会的部署，大力支持编纂工作，组织有关部门与专家对提纲设计、样稿研讨、通稿定稿等关键环节，反复研讨、审议；各片区进行了多次研讨交流，相互借鉴，取长补短；各卷主编和全体编纂人员团结合作、齐心协力，付出了艰辛劳动。山东文艺出版社提前介入，对编纂工作和撰稿体例等提出了许多宝贵意见。在此，我们谨向为《丛书》编纂付出心血的各位领导、专家、作者和所有相关同志们表示诚挚感谢！

本册编纂，得到首席专家刘德增教授悉心指导，中共滨州市委常委、宣传部部长马俊昀同志，分管副部长周卫华同志给予多方关心支持；本市市委宣传部文学艺术科科长李纪念同志提出诸多意见和建议。主编李兆禄教授全面负责本册的编纂工作。具体撰稿分工如下："名胜古迹"之"物遗存珍"部分、"非遗流彩"之"口头传统"部分由李兆禄撰写；"历史故事"之"人物故事"部分由赵羽撰写；"历史故事"之"事件故事"部分、"名胜古迹"之"山海之间"部分由王志芳撰写；"非遗流彩"之"民间艺术""传统技艺"部分由李沈阳撰写。

由于学识水平与编纂时间所限，不足之处在所难免，敬请专家和读者批评指正。

编者

2023 年 8 月